JN112909

現代詩の鑑賞

中村稔
Nakamura Minoru

青土社

現代詩の鑑賞　目次

現代詩の鑑賞

鮎川信夫

戦後詩と言われてきた現代詩を切り開くのに最も重大な役割を果たしたのは「荒地」に属する詩人たちであり、鮎川信夫は「荒地」の旗手とも言うべき存在であった。鮎川信夫の初期の作品に「橋上の人」がある。第Ⅰ章から第Ⅷ章まで、全八章から成る長篇詩であり、その第Ⅰ章は次のとおりである。

彼方の岸をのぞみながら
澄みきった空の橋上の人よ、
汗と油の溝渠のうえに、
よごれた幻の都市が聳えている。
重たい不安と倦怠と
石でかためた屋根の街の
はるか、地下を潜りぬける運河の流れ、
見よ、澱んだ「時」をかきわけ、
櫂で虚空を打ちながら、
下へ、下へと漕ぎさってゆく舳の方位を。

橋上の人よ、あなたは
秘密にみちた部屋や
親しい者のまなざしや

書籍や窓やペンをすてて
いくつもの通路をぬけ、
いくつもの町をすぎ、
いつか遠く橋の上へやってきた。
いま、あなたは嘔気をこらえ、
水晶　花　貝殻が、世界の空に
炸裂する真昼の花火を夢みている。

この橋上の人と作者との関係が第Ⅶ章に明らかにされている。その冒頭は以下のとおりである。

父よ、
悲しい父よ、
貴方が居なくなってから、
がらんとした心の部屋で、
空いた椅子がいつまでも帰らぬ人を待っています。
寒さに震えながら、
貴方に叛いたわたしは、
火のない暖炉に向いあっています。

途中を省略する。

父よ、
大いなる父よ、
わたしはどこまでも愚かですから、
貴方の深い慈悲と知慧とを理解できません。
あてもなく街をさまよいながら、
わたしは今にも倒れそうになって、
ぼんやり空を眺めます。
貴方がいらっしゃるあたりは、
いつも天使の悪い呼吸で曇っています。
父よ、
大いなる父よ、
十一月の寒空に、わたしはオーバーもなく
橋の上に佇みながら、
暗くなってゆく運河を見つめています。

ここまで読みすすんで読者ははじめて橋上の人は「わたし」であり、作者であることを知ることとなる。この詩において作者は作中の自己を客観的な存在として、自己からは距離を置いた存在として位置づけ、橋上の人の見る光景、考える思想や想像力が、作者個人を超えた普遍的なものであることを読者に伝えようとする作者の意図によるものと思われる

＊

「荒地」の同人たちの最初の詩集『荒地詩集』一九五一年刊にはひろく知られているように「Xへの献辞」と題する序文が収められている。この匿名の文章はいわば「荒地」の宣言であり、筆者は鮎川信夫にちがいない。この文章を要約することは難しいので、原文からその要点と思われる文章を摘記することにより、この文章の趣旨を明らかにするようにつとめることとする。

「現代は荒地である。」「現代社会の不安の諸相と、現代人の知的危機の意識は、その発端を、過去という記憶と資料の援けをかりなければならない世界に有している。」「人間が機械に隷属し、個人が集団の中に解消せしめられる時代、そして人類を破滅の淵に追い落す戦争恐怖の時代、――かかる時代に空を仰ぐ者は、人類の文化に対して、自分がある精神的不安の血を受継いでいることを感じとるに相違ない。」

「人間の運命について深く考えるならば」「荒地に生きているという暗い経験世界の終末的な幻滅感から一条の光線を摘みとることだろう。亡びの可能性は、一種の救いに外ならぬ。」「破滅からの脱出、亡びへの抗議は、僕達にとつて自己の運命に対する反逆的意思であり、生存証明でもある。」「切実な精神の努力によつて、僕等は現代の荒地に立向かつてゆかなければならない。精神は本質的に未来を指向する遍歴の子である。それは在るものから、在るべきものを構想し、未知のものへの冒険に駆り立てる非妥協的な警告者である。」

「僕達がこうした精神の不安の習性に捉えられていること自体が、最も端的に荒地の暗澹たる風土を説明している。しかし僕達が詩を書くということ、——もはやここには、文化の問題、社会の問題などは、第二義的な意味しか持っていない。一人のペンを持った人間が、言葉のかぎりない変化と反復、出発と復帰のうちに、回転し生起する精神の波動を見詰めつつ、自己の存在を確認し、自己の生を高めるために如何に神を得ようと努めたか、という奥深い隠れた事実を曝くことだけが、注目に値いするすべてなのである。」

「詩人の有する特権とは、個人的性質や階級の制約を超えた自由であることを君は知るだろう。」「それはもはや特権として、外的に規定された状態ではなく、個人の、社会の、時代の、内的な成長として記録せられ、高き自由を欲する人間の意志が、必然的に到達すべき世界に他ならぬことを伝えている。そして死の論理によって屡々切断される生の不安定な表象のうちに彷徨いながらも、人間の精神が求める文明は、いかにして原罪の痕跡を小さくするか、という容易に進歩もしなければ、向上もしない問題に永遠に繋がれているのである。」

「現代は詩を省みることの少い時代である。」「僕等の苦しみに満ちた現実では、言葉と肉体は全く別々に歩いている。自由とパンとを同時に獲得しようとする時、行為は汚され、精神は傷つく、これが人間の現実である。」「僕等が詩を書いてゆくことのうちには二つの岐路がある。容易な道を歩いて低い世界に言葉をむすぶか、困難な道を辿って、言葉を高い倫理の世界へ押しすすめてゆくか。」「僕達は常に困難な道の方を択ぶことを以て自らの矜持としたいと考えている。」

「どうして僕等の生活のすべてが絶えまのない詩作過程ではないのか。僕等が思索し行為する、その生の不断の継起のうちに、一つの調和への希求と、一つの中心への志向なくして、どうして僕等は思索したり行為したりすることに意義を認めることが出来よう。そうした人間性の尊厳を自覚することなくして行われることのすべては、僕等の行動の最も卑しい部分である。詩の規律に服するように、僕等の生活が保たれるとしたら、すべては如何に良きものであろうか。」

「こうした観念は、一つの幻想であるかもしれない。しかし幻想は、素朴な生の賜物である。そうして自然的に詩人である人間のみが、真の詩人となり得るのである。」

きわめて難解な文章である。この難解さの理由は、私の摘記の拙さによるかもしれない。ただ、この文章を断片的ながら摘記し、引用したのは、「橋上の人」という詩を鑑賞するためであり、そのためには現代という「荒地」において何故詩を書くか、という作者の思想を理解したいと考えたからである。そういう意味では、あるいは、前記の摘記の一部は不要であったかもしれない。実際は、現代という荒地において詩を書く理由は以下の文章までに尽きており、これ以下では詩人は何故詩を書かなければならないか、を説いているのだと思われるからである。すなわち、「Xへの献辞」において、何故現代という荒地において詩を書くか、すでに引用した文章の中の次の一節に説明されているので、かさねて引用する。

「僕達がこうした精神の不安の習性に捉えられていること自体が、最も端的に荒地の暗澹たる風土を説明している。しかし僕達が詩を書くということ、——もはやここには、文化の問題、社会の問題などは、第二義的な意味しか持っていない。一人のペンを持った人間が、言葉のかぎりない変化と反復、出発と復帰のうちに、回転し生起する精神の波動を見詰めつつ、自己の存在を確認し、自己の生を高めるために如何に神を得ようと努めたか、という奥深い隠れた事実を曝くことだけが、注目に値いするすべてなのである。」

作者がここで「神」に言及していることに私は注目する。鮎川信夫は明らかに「神」という超越的な存在を確信している。「橋上の人」の第Ⅶ章で「大いなる父よ」と呼びかけられている「父」も「神」にちがいない。この第Ⅶ章の末尾から二行目に「わたしにはまだ罪が足りないのですか」とあるが、その意味は、私にいま課せられている罰では不足なのですか、ということであろう。刑罰を科すのも「神」にちがいない。「橋上の人」はそういう超越的存在を意識して書かれているとみて誤りはあるまい。

＊

そこで「橋上の人」を読むことにする。彼は橋の上に佇み、幻の都市を望んでいる。幻の都市は荒地に存在する都市であり、橋の下には荒地の汚泥が流れている。作者は「地下を潜りぬける運河の流れ」というが、橋の下を運河が流れるということと同義と解する。

「水晶　花　貝殻が」「炸裂する真昼の花火」を橋上の人は夢みていると書かれているが、その趣旨は、虚飾にかざられた荒地にすぎない幻の都市の炸裂、崩壊を夢みていることにちがいない。

第Ⅱ章では、「未来と希望」を抱いて波止場に向かう水夫がいる。「未来も愛」も波止場にないことを知って身投げに波止場へゆく狂った女性がいる。「未来と信仰はちがう」ことを知って、子供を連れ、安息を求めて波止場へゆくサラリーマンがいる。未来を信じ、あるいは信じない、彼らのもとに「時」はとどまらない。徒に時だけが過ぎ去っていく。

第Ⅲ章に入ると、橋上の人が、背後をふりかえることなく、漂泊の旅から灰色の街、つまり、荒地に、戻ってきた、と言い、戻ってきた灰色の街は、新しい追憶の血が、彼の眼となり、表情となる「現在」である、と言う。「現在」とは過去の遺産を受け継いでいる。「Xへの献辞」に言われたとおり、「現代社会の不安の諸相と、現代人の知的危機の意識は、その発端を、過去という記憶と資料の援けをかりなければならない世界に有している。」。そこで、彼が、背後をふりかえらないとしても、現在から彼は自由ではありえない。

第Ⅳ章では、彼は「おまえはからっぽの個だ」と教えられ、おまえは一プラス一にマイナス二を加えた存在であり、一プラス一が生、マイナス二が死だから、おまえの生には死がいっぱい詰まっていると聞かされる。そこで、彼は誰も彼に「生きよ」と言ってくれなかったとも聞かされ、次の詩句が挿入される。

誰も知らない。
未来の道は過去につづき
過去は涯しなく未来のなかにあることを——
あなたは知った。
あなたがあなた自身であるためには
どれだけたくさんの罪が心のなかに閉ざされているかを。

この詩を鑑賞するさい、作者における「罪」の意味は関係あるまい。読者の誰もが「罪」と考えるものを犯した経験があるはずである。

こうして、マイナス二に相当する罪に対する罰である死と一プラス一である生との間で作者は呻吟することとなる。
第Ⅴ章では、荒地ではなかった時代が回想される。
その前半を引用する。

ひとつの心の空洞から
ひとつの波のたわむれから
滑らかなやさしい囁きがきこえてくる
「かつて泉があった
眠りからうまれたばかりの水は
活力と滋味を湛え
野に池をつくり　地上に溢れ
渚をふちどり　虚無を涵し
乾けるもの　固く凝れるものを溶かした」

この泉における沐浴の回想で第Ⅴ章は終わる。
第Ⅵ章では、「孤独な橋上の人よ」と呼びかけ、「どうしていままで忘れていたのか、／あなた自身が見すてられた天上の星であることを……」と問いかける。おそらく彼は荒地の空に輝く星であることを運命づけられていたのに、その使命を忘れていたことを咎められている。だから

あなたは愛を持たなかった、
あなたは真理を持たなかった、
あなたは持たざる一切のものを求めて、
持てる一切のものを失った。

と責められるのである。この四行は「橋上の人よ」という呼びかけの後、二行をはさんで「星のきまっている者はふりむこうとしない」という句に続く。荒地という現代文明に立向かうように運命づけられた橋上の人はなお振り向かない。

第Ⅶ章において、大いなる父に「わたしにはまだ罪が足りないのですか」と問い、「わたしの悲惨は貴方の栄光なのですか」と問いかけていることはすでに引用した。そこで、最終の第Ⅷ章を読まなければならない。三十行を超す長い一章なので、私としては不本意だが、全文を引用しなければならない。

橋上の人よ、
美の終りには、
方位はなかった、
花火も夢もなかった、
「時」も「追憶」もなかった、
泉もなければ、流れゆく雲もなかった、

悲惨もなければ、栄光もなかった。
橋上の人よ、
あなたの内にも、
あなたの外にも夜がきた。
生と死の影が重なり、
生ける死人たちが空中を歩きまわる夜がきた。
あなたの内にも、
あなたの外にも灯がともる。
生と死の予感におののく魂のように、
そのひとつひとつが瞬いて、
死者の侵入を防ぐのだ。
橋上の人よ、
彼方の岸に灯がついた、
幻の都市に灯がついた、
運河の上にも灯がついた、
おびただしい灯の窓が、高架線の上を走ってゆく。
おびただしい灯の窓が、高く夜空をのぼってゆく。
そのひとつひとつが瞬いて、
あなたの内にも、あなたの外にも灯がともり、

死と生の予感におののく魂のように、
そのひとつひとつが瞬いて、
そのひとつひとつが消えかかる、
橋上の人よ。

「橋上の人」は以上のような詩である。「Xへの献辞」に説かれた現代文明の「荒地」に対して詩人が如何に対処すべきかを詩という形式で表現した作品である。「荒地」に属する詩人たちが戦後詩と言われてきた現代詩の極めて重要な分野を開いた、ということはまぎれもない事実であり、鮎川信夫は「荒地」の思想的な意味では主導的な位置にあった。「Xへの献辞」がいわばこの「荒地」の宣言であり、「橋上の人」が「Xへの献辞」を詩として具体化した作品であると私は考える。そこで、現代詩を語るばあい、どうしても「橋上の人」を避けて通れない、と私は考える。ただ、私は現代文明を荒地と考えたことはなかったし、私と同じく現代文明を荒地とみていなかった知識人は多いはずである。しかし、ここで、そうした問題を論議するつもりはない。鮎川の見解にしたがって、「橋上の人」を鑑賞するのが私の目的であり、趣旨である。ただ、この詩はかなりに観念的、思想的であり、また独断的である。たとえば、第Ⅳ章に、おまえは一プラス一にマイナス二を加えた存在であり、一プラス一が生、マイナス二が死だ、と言うが、どうして生が一プラス一であり、死がマイナス二であるか、理解できない。それ故、私にこの詩の正しい唯一の解釈ができるとは思わない。それに、この詩には神とか、愛とか、罪とかいうような抽象的な言葉が厳密に定義されることなく用いられているので、作者の意図する意味でこれらの言葉を理解しているかどうか、まったく自信がない。

これらの前提を措いたうえでいえば、この詩は現代文明を荒地から取り戻す挑戦の作である。第I章では明らかに現代の都市ないし文明の炸裂、すなわち、崩壊を夢想している。そのために橋上の人は処々方々を彷徨し、辛酸を体験したにちがいない。荒地は死であり、荒地に挑むことは生として対比される。「Xへの献辞」に言うとおり、「亡びへの抗議」は「生存証明」なのである。

しかし、荒地である都市、文明は炸裂しないし、崩壊しない。双方が生の予感と死の予感をあわせもつ、ということがこの詩の結論とみてよいであろう。それらの予感は瞬きながら消えかかっている、と結ばれているが、はたして現代文明は消えかかっているか。

この詩にみられる現代文明に対する危機的意識は現在の私たちにとっても無縁とは思われない。

＊

鮎川信夫の詩について紹介するばあい、「橋上の人」が初期の代表作にはちがいないが、私としては「繋船ホテルの朝の歌」の方が、はるかに好きであり、詩としてもすぐれていると考えている。しかし、あまりに長い作品なので、残念だが、紹介は諦めることとし、「橋上の人」とはまったく趣きの異なる作品を二篇紹介したい。その一篇は「夜の終り」の第1章である。以下に全文を引用する。

恐ろしいひと、あなたは
夜の岸辺のように
わたしの血汐の流れを抱きよせる、
恐ろしいひと、あなたは

鋭い愛の杭にかけて
わたしのからだを水藻のように
みもだえさせ、ずたずたにひき裂く。
恐ろしいひと、あなたは
あさましい祈りのことばを口にし、
水死した処女の乳房をさぐりつづける。
わたしはのけぞらせた顔を
悲しみの水面にうかべて、
とおい星、ちかい星のひとつひとつにみいっている、
ああ、それだけのことなのだ。
やさしいひと、あなたは
いつまでも、流れゆく川を
抱きとめておくことはできない。
あなたがいくら黒い髪を愛撫しても、
肌のふれあう水ぎわから
わたしの感覚はぬけおちて、
あなたの指は何もつかまえることができない。

第2、3章は男性の言葉で語られるが、女性が男性に語りかけている第1章はかなり率直に性愛を

うたっているようにみえる。川の岸辺の女、その濡れた黒髪を愛撫する指、悲しみに沈む、のけぞった女の顔、「あなた」は吹きくる風に見いっている。

「ああ、それだけのことなのだ」と言い、「あなたの指は何もつかまえることができない」と言う。荒地における「愛」はつねに不毛である。性愛は性愛にすぎない。それが「愛」に昇華することはない。作者が考えている愛がどういうものか、分からないが、不毛の愛を描いたこの詩は充分に官能的であり、優美であり、しかも知的である。ここには鮎川信夫の思想とその尋常でない詩人としての才能が窺われると言ってよい。

＊

鮎川信夫の作品をもう一篇紹介する。「行人」と題する次のとおりの詩である。

崖がくずれ
斜面に枯草がそよいでいたりする
ひろい眺めのところどころで
電線がひうひう鳴っていたりする
そんな街はずれに立っていると
なぜか一服の煙草もひどくうまいのである

真昼の月の下を

荒れた道がつづいているのみである
ときに一人の男が
遠くからこちらへ近づいてきたりする
それだけのことで
世界の秋は深くなってゆくように思われる
孤独な道を歩いてくる男だけが
高貴な冷たい戦慄を感じているにちがいない

すべては過ぎさる
しかし黙ってすれちがう一瞬にも
なんという美しさを見出すことだろう
黒い喪服をつけた男の
悲しみに青ざめた額のうえに
たとえば小さな捲毛の渦をみつけるような！

これは人間が孤独をどんな状況の下で体験するか、を表現した作品である。街はずれの荒涼たる場所で吸う一服の煙草をうまいと感じるのは、その瞬間に、同じ場所に誰もいないからである。すれちがった人に秋がきたと感じるのはたまたま縁も所縁もない人と出会ったからである。すれちがった人との間には何ら暖かい心の通い合いはない。関係のない人だから高貴な心の戦慄を感じることができる。これが過ぎ去る時の一瞬にすぎないと感じるときに人は孤独になる。現代の荒地に生きる詩人にとっては孤独こそが人間の本来あるべき存在のかたちであると説いているかのようにみえる。

これらの詩が書かれた当時を荒地とみるのが正しいかどうかは別として、政治家、公務員、企業など、倫理感が失われ、新しい冒険へ乗りだす意欲も乏しく、産業が衰退している現在こそが荒地かもしれない。現代に生きる私たちこそが「荒地」の詩人たちの作品をもっと身近に親しく読むべきだと言えるかもしれない。

田村隆一

戦後詩と言われていた現代詩の扉を開いたのは「荒地」に属した詩人たちであり、「荒地」を代表する詩人は鮎川信夫であり、田村隆一であった。二人とも現代詩の先駆者と言うにふさわしい作品を遺したが、鮎川が思想的な意味で「荒地」の主導的立場にあったのに対して、田村隆一はその作品の斬新さによって戦後の詩の読者を驚愕させ、幻惑し、魅了して、戦後詩とはこういう詩を言うのか、を示した。田村の作品は発想が新鮮であり、修辞が巧みであり、読者の意表をついた。そのため読者の心や魂にふかく浸透し、後の世代の詩人たちにつよい影響を与えた。

田村隆一の第一詩集『四千の日と夜』は一九五六年四月に刊行されたが、彼の作品は『荒地詩集』などによりこれよりも早くから知られていた。『四千の日と夜』という詩集の題名に採られた詩は次のとおりである。

一篇の詩が生れるためには、
われわれは殺さなければならない
多くのものを殺さなければならない
多くの愛するものを射殺し、暗殺し、毒殺するのだ

見よ、
四千の日と夜の空から
一羽の小鳥のふるえる舌がほしいばかりに、
四千の夜の沈黙と四千の日の逆光線を

われわれは射殺した

聴け、
雨のふるあらゆる都市、鎔鉱炉、
真夏の波止場と炭坑から
たったひとりの飢えた子供の涙がいるばかりに、
四千の日の愛と四千の夜の憐みを
われわれは暗殺した

記憶せよ、
われわれの眼に見えざるものを見、
われわれの耳に聴えざるものを聴く
一匹の野良犬の恐怖がほしいばかりに、
四千の夜の想像力と四千の日のつめたい記憶を
われわれは毒殺した

一篇の詩を生むためには、
われわれはいとしいものを殺さなければならない
これは死者を甦らせるただひとつの道であり

われわれはその道を行かなければならない

この詩を読みはじめてとまどいを覚えないものはいないだろう。一篇の詩を生み出すためには多くの愛するものを殺さなければならない、と作者は言う。はたして詩とはあらゆる愛するものを犠牲にするに値するほどに私たちの生にとって貴重なものであるか。誰もが、そうした疑問をもつにちがいない。

何故か、と作者は第二連以下で説明する。それは「一羽の小鳥のふるえる舌」がほしいからであり、「ひとりの飢えた子供の涙」がほしいからであり、「一匹の野良犬の恐怖」がほしいからだ、と言う。このような説明で納得する読者は存在するとは思われない。ところが、最終連で「いとしいものを殺さなければならない」のは「死者を甦らせる」ためである、と作者は言う。ここで、はじめてこの詩が鎮魂の作であることを読者は教えられるわけである。

『四千の日と夜』という詩集の題名であり、この詩の題名である歳月は、ほぼアジア・太平洋戦争が終ってからそれまでの期間に対応していると思われる。それ故、ここにいう「死者」とは戦争の犠牲となって死歿した人々を意味すると考えて間違いあるまい。ただし、死者に日本人以外の朝鮮半島、中国、東南アジア諸国においてわが国の軍隊によって殺された人々を含むかどうかは、はっきりしない。おそらく作者の心に思い浮かんでいたのはわが国の軍隊などに徴集されて死歿した人々。東京大空襲をはじめとして、全国の主要都市への空襲や広島、長崎の犠牲者たちだけだったであろう。つまり、この詩は作者と同世代の戦争による多くの死者のために書かれている。彼らは一羽の小鳥が戦慄するような思いで、また、飢えた少年が涙するような思いで、また、一匹の野良犬のような恐怖を味わいながら死んでいったのであった。

この詩における譬喩が適切かどうか、「一匹の野良犬のような恐怖」を別にすれば、私はかなりに疑問をもつ。彼らがその死を目前にした戦慄や恐怖は「小鳥の戦慄」や「飢えた少年」の涙よりはるかに苛酷であったにちがいない。また「四千の夜の沈黙と四千の日の逆光線」との対比、「四千の日の愛と四千の夜の憐み」との対比、「四千の夜の想像力と四千の日のつめたい記憶」との対比が何故成り立つのか、疑問を感じる。私にはこれらは作者の言葉遊びのようにみえる。

それよりも、理解しにくいのは「死者を甦らせる」という発想である。一篇の詩によって死者が甦るはずはない。

私には、このような詩句は作者の思い上がりとしか感じられなかった。私がこの詩にはじめて接したころ、反発を感じたのは主としてこのような表現に作者の倨傲、傲慢を感じたからであった。しかし、一篇の詩が死者を甦らせることができるという信念、信条こそが作者に詩作を促した動機であり、このような信念、信条が当時の若い読者の心や魂を揺さぶったのであった。つまり、一篇の詩によって、死者も甦り、一篇の詩が世界のあらゆるものよりも上位にある、という確信が戦後詩の出発点であった。鎮魂歌とはつねにそうした確信にもとづいて書かれるにちがいない。今になって、私はこの詩の果たした意義をそう考え、この詩が生れなかったならば、いわゆる戦後詩も趣きを異にしたのではないか、と評価する。

*

同じく田村隆一の初期の作品としてひろく知られている詩に「立棺」がある。三章から成る詩だが、立棺に直接ふれている第Ⅱ章は次のとおりである。

わたしの屍体を地に寝かすな
おまえたちの死は
地に休むことができない
わたしの屍体は
立棺のなかにおさめて
直立させよ

地上にはわれわれの墓がない
地上にはわれわれの屍体をいれる墓がない

わたしは地上の死を知っている
わたしは地上の死の意味を知っている
どこの国へ行ってみても
おまえたちの死が墓にいれられたためしがない
河を流れて行く小娘の屍骸
射殺された小鳥の血　そして虐殺された多くの声が
おまえたちの地上から追い出されて

おまえたちのように亡命者になるのだ
　地上にわれわれの国がない
　地上にはわれわれの死に価いする国がない

わたしは地上の価値を知っている
わたしは地上の失われた価値を知っている
どこの国へ行ってみても
おまえたちの生が大いなるものに満たされたためしがない
未来の時まで刈りとられた麦
罠にかけられた獣たち　またちいさな姉妹が
おまえたちの生から追い出されて
おまえたちのように亡命者になるのだ

　地上にはわれわれの国がない
　地上にはわれわれの生に価いする国がない

私たちの屍体にとってこの地上に安らぎを求めることができる場所はない。私たちの屍体が横たわって静かに臥して永遠の眠りにつくことはできない。私たちは、死後、屍体になっても直立していなければならない。生きているときに立ち続けていたように、屍体となっても私たちは立ち続けていなければならないのだ。だから、私たちにはこの地上に墓をもつことはできない。この詩の冒頭に言う「わたし」は「おまえたち」のひとりと解しなければならない。

この最初の二節はじつに卓抜であり、戦後に私たちが置かれていた場所や位置の暗喩としてこれほど見事な詩句を私はほとんど他に知らない。

しかし、何故、私たちがそういう場所や位置に追い込まれ、作者の言う「亡命者」となったのか、ということを説く第三節以下が充分説得力をもつとは思われない。作者は「河を流れて行く小娘の屍」とか「射殺された小鳥の血」とか「虐殺された多くの声」とか言うけれども、これらの譬喩が「四千の日と夜」の譬喩に似通っていることは別にしても、私たちが居場所を失くし、社会との齟齬を痛いように感じるようになったのは、それが、もし作者の言う「亡命者」の心境に近いとすれば、無謀な戦争、敗戦、その結果としての未来を見失っているかのようにみえた敗戦後の政治的社会的体制のためであると私は考えている。こうした歴史認識や心情を表現するのに、どのような譬喩がありえるか、私は知らないが、少なくとも、この第三節以下は貧しいという感を否定できない。

地上にはわれわれの国がない
地上にはわれわれの生に価いする国がない

という表現からは作者が私たちが生きるにふさわしい国あるいは場所として具体的にどのような国や場所を夢想しているのか、解りようもない。作者は苦情を言っているだけであり、歎いているだけである。その苦情、嘆きが言葉だけに終わっているので読者に訴えるものがない。
ついでに言えば、「棺」を地下ふかく埋めて横たえるという慣習はわが国では、少なくとも、一部の地方を除き、まったく存在しない。屍体は火葬されるのが通常だから屍体が棺に納められているのは、死去してから茶毘に付されるまでの間だけである。だから、そもそも死者が直立することはない。そういう意味でこの詩は通常の慣習を考えれば意味ないと言えるかもしれない。とはいえ、私たちは生きている間も、静臥することを許されず、立ち続けていなければならない、だから、死んでも直立していなければならない、私たちには居場所がない、という発想は切実であり、この発想だけで戦後詩の世界における大きな遺産であると私は考える。

*

田村隆一は第二詩集『言葉のない詩集』を一九六二年に刊行した。詩は言葉がなければ書くことはできない。『言葉のない詩集』という題名そのものが逆説的な、この詩集の巻頭から二番目に「天使」と題する詩を配置している。
このかなり短い詩は次のとおりである。

ひとつの沈黙がうまれるのは
われわれの頭上で
天使が「時」をさえぎるからだ

二十時三十分青森発　北斗三等寝台車
せまいベッドで眼をひらいている沈黙は
どんな天使がおれの「時」をさえぎったのか
窓の外　石狩平野から
関東平野につづく闇のなかの
あの孤独な何千万の灯をあつめてみても
おれには
おれの天使の顔を見ることができない

時間が止まり、沈黙が訪れ、言葉を失う時がある。言葉は会話のために、対話のために、自分の思想や感情などを伝達するために存在するのだが、言葉が表現しようとする思想や感情を正確に伝達してくれるという保証はない。言葉を失った孤独の中にこそ真実があるのではないか。だから、誰も「天使の顔を見ることができない」のではないか。

この詩に続いて配置されている作品「帰途」では作者は

言葉なんかおぼえるんじゃなかった
言葉のない世界
意味が意味にならない世界に生きていたら
どんなによかったか

と作者はその第一節で書いている。この詩集に私たちが知るのは作者の言葉に対する不信である。言葉ではたして私たちは私たちの想念を表現できるのか。私たちは不可能に挑んでいるのではないか。これが田村隆一の戦後詩において提起した問題であった。戦後詩人、現代詩人のすべてがこの重い課題を意識して詩作を試みたのだと言ってよい。これだけの単純な課題を語るのに田村が示している言葉とイメージの華麗さがまたこの詩の魅力である。

＊

一九六七年に田村隆一は『言葉のない世界』を刊行した。敗戦後二十年以上経って、作者の戦後はとうに終わっているようである。この第二詩集の中に「夏の光り」と題する詩が収められている。次のとおりの作品である。

おれは
ヨット乗りの絵描きと
上野駅の殺風景な構内で
神の到着するのを待っていた

午後六時三分の上野着で
神は千三百米の高原から

ワラビとシイタケを両手にぶらさげて
汽車からおりてくるはずだった

おれとヨット乗りは缶詰ビールをやたらに飲み
七時十五分まで待った
大西洋を十九日で横断したのは一瞬の出来事だったが
神が汽車に乗り遅れた一時間は
ちょっとながすぎるぞ
とヨット乗りはぼやいた

これは太平の逸民の時間の潰し方を描いている詩である。作者は高原からワラビとシイタケを持参して上野駅に到着する恋人を待っている。恋人の女性は女神に等しい。だから一時間待とうが二時間待とうが、作者は気にしていない。ここでヨット乗りの絵描きが作者につきあってぼやきながらも彼女を待っているのが太平の逸民である所以である。このヨット乗りが描かれているから、この詩にはドラマがある。舞台は上野駅である。上野駅は西欧の鉄道の駅と同じようなターミナル駅の構内を持っている。東京駅や新宿駅にはターミナル駅特有の人懐かしさ、侘しさがない。このような人懐かしさ、侘しさがあるのは上野駅だけである。だから、石川啄木も故郷の訛りをたずねて上野駅を恋しく思っていた。

このような上野駅という舞台で読者はドラマをみることになる。そのために、この詩がある種の感興を催す詩になっている。これは日常の些末にすぎない。現代詩は肩ひじ張ったものだけではない。もっと自由で自在な世界を展開している。その一例がこの作品だが、このような日常の些末をこれほど感興ふかい作品に仕立てることができるのは田村隆一の才腕によるものであり、誰もが真似してできることではない。

関根弘

凄い！
こいつはまったくたまらない
せっかくきたのに
魔天楼もみえぬ
なにがなんだか五里霧中
その筈！
アメリカはなんでも一番
霧もロンドンより深い
嘘だと思う？
職業安定所へ
行って
試してみろ！
紐育では
霧を
　シャベルで
　運んでいる！

関根弘の初期の作品である。私がこの作品に接したのは書肆ユリイカ・伊達得夫が一九五五年五月に刊行した『戦後詩人全集』第五巻がその巻頭に関根弘の作品を収め、関根の作品集の冒頭に次いでこの詩が掲載されていた。この詩を読んで私は驚嘆し、ふかい感銘をうけた。

アジア・太平洋戦争が終わってすでに十年経っていたし、冷戦は始まっていたが、ヨーロッパ諸国の経済は戦争の被害からまだ立ち直っていなかった。世界におけるアメリカ一強の時代であった。わが国はサンフランシスコ条約にともなう安全保障条約により、事実上多くの面でアメリカの支配・統率の下に置かれていた。この詩はともかく連合軍による占領から解放されて以後の作品と思ってきたが、あるいは、この作品は占領下で書かれていたのかもしれない。いずれにしても、世界の富を独占していたアメリカがことごとに干渉し、わが国をアメリカに隷属する国として取り扱うのを私たちは鬱陶しく、嫌悪感を覚えていた。もちろん、日本の一部の人々が自由主義、民主主義の国、アメリカに理想をみていたことも事実である。

関根弘は、この詩で、そうしたアメリカの傲慢さを反語的に批判している。このような反語的に批判する思想を語った詩はそれまでのわが国には存在しなかった。戦後詩は、この関根の作品によって、わが国の詩という分野の世界において新しい地平を開いたのである。

私は何となく戦後詩は「荒地」と「列島」により代表されるように感じていた。とはいえ、「荒地」の詩人たちの方が「列島」の人々に比しはるかに強い影響力をもっていた。私の理解するかぎりでは、「列島」には野間宏、安部公房、木島始、関根弘、瀬木慎一ら絢爛たる同人たちが集まっていた。しかし、野間宏、安部公房は本来小説家であり、瀬木慎一は美術評論家になった。詩人らしい詩人は関根弘と木島始くらいしかいなかったようにみえる。これに対して、「荒地」には鮎川信夫、田村隆一以外にも、中桐雅夫、黒田三郎、北村太郎など、当時の私の眼からみると、多士済々であった。それに「列島」の同人たちは共産党の党員や共産党に近い人々が多かった。共産党の内部闘争は中野重治、佐多稲子などにより、つぶさに書かれているが、そうした思想的な紛争のために詩作に充分な時間を注ぐことができなかったのかもしれない。「列島」はそういう意味で詩人たちの間で弱体であった。「なんでも一番」はアメリカ批判の作であり、反体制的な作品であった。この反体制的作品の作者を励まし、創作意欲をかきたて、続々とこうした詩を書かせるような仲間を関根はもっていなかったのではないか。関根弘は東京府立七中に合格したが、家庭の事情で進学できなかった。彼は労働者になった。私は関根弘に二、三回しか、会ったことがないが、はじめて会ったのはおそらく『戦後詩人全集』が刊行されたころのはずだが、いかにも労働者らしい精悍さが、その表情にあふれていた。同時に、革命が間近に迫っているといったような意気軒高たるものがあった。

「なんでも一番」は戦後詩の中でも特筆されるべき傑作だが、その背景は前記したようなものだったのではないか。

*

同じく『戦後詩人全集』第五巻の「関根弘篇」に「実験」と題する詩が収められている。次に紹介する。

徴税令書をみせられた
××ヨシイ殿
役場の書記が名前をまちがえたネと云えば
イイエこれがあたしのホントウの名前ヨ

彼女の生れは福島
名前はお祖母さんがつけた
ヨシエのエをイに訛って発音して
それがそのまま記帳されたのである
南洋庁の役人だった中島敦
かれは南洋群島の島民の変った名前を発見した
シチガツ（七月に生れたのであろう）
ココロ（心？）
ハミガキ
ナポレオン！
人頭税の令書に書いてあったかしれん
ハミガキ殿
小学生の頃
僕の綽名はクラゲ
クラゲから逃れるために早く卒業したかった
だがハミガキはもっと可哀想だ
一生ハミガキから卒業できぬ！
リンカーン
ルーズベルト

ハブラシ
クツシタ
クツミガキ
同類は僕らの周囲に生れたかしれん
生れるかもしれん
悪意や冗談でないにしろ実験だ
ヨシエのエがイであっても
僕のココロは笑っていた
(けれども) ハブラシやクツミガキであったら
怒りにココロはふるえたろう
ヨシイ　おまえだって
ひらめのような目をしちゃおれまい
生れたのは偶然で
生きたのも偶然だって

一九四五年の冬、食料事情のため、ほとんど学校が休校になっていたので、私は両親の住む弘前で暮らしていた。粉雪の降りしきるなか、散歩の途中、「おすめ　かばー　ありまし」と書いた紙がある店先に貼ってあるのを見かけた。「おしめカバーあります」という意味だとすぐ理解したものの、しばらく私は可笑しさが止まらなかった。土地の人は「おしめカバーあります」と言っているつもりで、「おすめ　かばー　ありまし」と発音し、書く時もそのように書くのであった。まさに福島の「ヨシエ」さんのばあいと同じである。

ここまでは東北地方の訛りをからかった挿話にすぎない。だが、中島敦の文章を引用した箇所から問題は深刻になる。中島敦に『南島譚』と題する著作があり、その第二部が「環礁」と名づけられ、「ミクロネシヤ巡島記」と副題され、その中に「ナポレオン」という文章が収められている。

「「ナポレオンを召捕りに行くのですよ」と若い警官が私に言った。パラオ南方離島通いの小汽船、国光丸の甲板の上である。」

とこの小品ははじまる。パラオを中心とするミクロネシア群島は、それまでドイツの植民地であったが、第一次大戦の結果、国際連盟により、わが国の委任統治地となり、中島敦は「光と風と夢」に記されているとおり、ロバート・ルゥイス・スティヴンスンに刺激されて、一九四一年六月から一九四二年二月までの間、パラオ所在の南洋庁に勤務した。「ナポレオン」はその間の見聞記のひとつである。手に負えぬ悪少年ナポレオンをはるか離れたS島に流刑にしたのだが、S島でも成人も怯えるほど跳梁しているので、さらに遠いT島に送ることになり、逮捕してから二日間飲食を拒否しているナポレオンを送り届けるのに同行した作者の記録がこの作品である。

関根弘がいう叙述は「ナポレオン」中のごく一部、次の一節である。

「島民には随分変った名前が色々とある。昔は基督教の宣教師に命名して貰うことが多かったので、マリヤとかフランシスなどというのが多く、又、以前独逸領だった関係からビスマルクなどというのも時にあったが、ナポレオンは珍しい。しかし、私の知っている他の島民の名前、シチガツ（七月に生れたのであろう）、ココロ（心？）、ハミガキ等に比べれば、何といっても堂々たる名前には違いない。もっとも、その余り堂々とし過ぎている点が可笑しいのには違いないが。」

中島敦の文章は事実そのものをありのままに記述したもので、彼の意見はまったく加えられていない。しかし、関根弘の詩は一見したところでは現地の人々の名前の可笑しさを揶揄しているようにみえるが、実際はわが国政府の植民地政策の愚劣さを批判しているのである。そこで、何故、ヨシエのエをイに訛って発音したのをそのままヨシイと戸籍に記録した福島の村役場の書記であるという事実に言及しているか、その理由が分かるのである。つまり、現地の夫婦の間に子供が生まれたとき、彼ら夫婦はどういう名前をつけたらよいか、考えていない。南洋庁の書記がハミガキという名前がいいだろうと言えば、そのまま記録されるにちがいない。ハミガキという名前を発想したのは南洋庁の書記以外にはいない。ビスマルクとかナポレオンという英雄の名前をつけたのも当時のドイツの役人だったのではないか。これらの名前は中島敦の言うとおり堂々とし過ぎているとしても、人間の尊厳を傷つけてはない。しかし、ハミガキという名前には島民に対する侮蔑感がこめられている。わが国の南洋庁の役人たち、あるいはこれらの島々に移住した日本人は、こうした侮蔑感をもって現地の人々に接したのである。関根弘が想像したように、ハブラシ、クツシタ、クツミガキと命名された人々もいたかもしれない。

そういう意味で、この詩は日本の統治政策の愚昧さを非難した作であり、文明批評の作である。「なんでも一番」に比較すると歯切れが悪いし、文明批評である、という性格もはっきり読みとれず、ただ可笑しい、面白い挿話を記録した詩としか読者は読まないかもしれない。いったい、文明批評でも、社会批評でも、散文で書けば論旨を明瞭に伝達することは、もちろん筆者の表現力によるけれども、そう難しいことではない。しかし、反語的に、皮肉をこめて、詩として表現することは至難と言ってよい。関根弘は現代詩による批評という斬新な形式が可能であることを示して、現代詩の分野を広げた。私は、これは彼が教養に捉われない、労働者出身の自由な精神の持ち主だったからであると考えている。しかし、「なんでも一番」を超える作品は生涯を通じて書くことができなかったとも考えている。

*

そこで、もう一篇「カラスは白い」という作品を紹介したい。

たとえば
指導者が
〈カラスは白い〉と
いったために
政府はあわてて教科書の改訂を命じた
出版会社に好況がきた
生徒は疑うに幼なすぎ
兵隊はそのときから信じた
企業家は
〈カラスは白い〉と
三べん叫んで工場を巡視した

ヨーロッパはびっくりした
科学者を動員し
〈カラスは白くない〉ことを
あらためて確認した
かれらは恐慌を喰止めた
しかしカラスは白かった
合唱は
太平洋にこだました
政府の検閲がたしかであったあいだ

破綻がきた
出版会社への用紙割当削減
新聞のタブロイド化
企業家は
〈カラスは白い〉と
なんべん叫んでも
政府のアロケーション（枠）を
削られることがわかった

非化学の敗北！
政府はカラスを黒にもどしたが
いったん白くなったカラスはもとにもどらぬ
白いカラスがとんでいるのを僕はみた
ひとは信じてくれないが
僕にかんするかぎり
いまも
しんじつ
カラスは白い！

独裁者が、黒を白と言えば、黒いものも白いと庶民は言わなければならない。間違ったことでも、権力者が繰り返し主張していると、間違いが正しいことと庶民は受け取ることになる。独裁者が「カラスが白い」と言えば、国中がいっせいに「カラスは白い」と言うことになる。これはスターリン体制ソ連、ナチス・ドイツでもみられた現象であり、あまり常識の域を出ない。ただ、庶民が「カラスは白い」と言うだけなのか、あるいは、「カラスは白い」と真実理解したかは別である。あるいは「黒」という色の名を「白」と言うのだと覚えるかもしれない。
たんに政府や権力者に迎合して「カラスは白い」と言っている庶民は庶民なりの知恵で生きているのである。心から「カラスは白い」と理解した人は政府、権力者が意見を変えても、やはり洗脳された理解を改められない。「黒」という色の名を「白」と覚えた人も洗脳された理解を改めることはできない。そこに独裁権力の本質的な怖しさがあると、関根弘はこの詩で訴えているのだと私は解釈している。

＊

これまで紹介してきた作品とは趣向が違うけれども、私が関根弘の作品の中で好きな詩をもう一篇紹介する。題を「死」という。

死を見送るのはいやなものだ
社会にも死は訪れる
だからわたしはこんな夢をみる

風呂屋のようなところで
板草履をはいてきたつもりであった
ところがどこにもそれがない
わたしはうろうろそれを探すのだが
真新しい下駄が一足みつかるのだ
わたしのものではないとわかっているが
わたしのものだと無理に思いこむ

うしろを振返りながらそれをはく
損をしないですんだ
とくをしたようなきもちにもなっている

わが家の二階に落着くと
しかしなんとなく不安だ
追いかけてくる奴があるかもしれない
みると向うの二階に
悠々とこちらを眺めている奴がいる
俺の板草履を盗んだのはあいつだ
いやあいつの下駄を俺が盗んだのだ
おーい！
合図してもわからないから
俺は紐を投げるのだ
毛糸のように
紐は途中で落ちてしまう
おーい！
毛糸のように
紐は途中で落ちてしまう

やがてそいつはきがつく
下駄を盗んだのが俺だとわかったのだ
奴が二階からころげ落ちるのがみえる
それよりさきに俺は飛びだしている
しかしみろ！
追跡されている俺は
下駄をはいてはいないのだ
盗まれたはずの
板草履をはいて
一心に
走っている！
逃げる必要がどこにあるか？

こんな詩
病状の悪化している
おふくろに読ませたくない
けれども死が訪れているのは
われわれの社会でもあるのだ

追跡せよ！

逃げている「俺」がはいているのは盗んだ下駄なのか、自分の板草履なのか。混乱しているのは社会の所為だ。社会が死にかけているから、こんな莫迦なことが起こるのだ、と言っているようにみえる。だが、どうせ夢の中だから何が、どう起こってもふしぎはない。ここで作者はふざけている。だが、はいていった板草履を探す俺、板草履をはいているのに、下駄をはいたつもりで、逃げだし、追いかけられている俺、その必死の相貌を思いうかべたら、失笑を禁じ得ないだろう。こんなおふざけも詩になるという一種の見本だが、私はこのふざけた夢の中の情景を愉しんでいる。

安東次男

安東次男に「死者の書」と題する作品がある。この作品には以下の序文が記されている。
「一九四五年八月六日午前九時十五分、広島に投ぜられた人類最初の原子爆弾は御影石の上に、一人の坐して憩う人の影を永久に灼きつけた。」
この序文にみられるとおり、「死者の書」は広島に投下された原子爆弾を主題とした作品である。まず、いささか長いが全文を引用する。

薔薇いろの鉱石質の陽がはいまわる。
いま地上には、
下界をおおいつくそうとする灰色の湿地がはびこる。
それはおれたちのえいえいとしたいとなみの何億倍かの速度で殖える。
しかし、ああ、おれたちがその不毛の影を消す悲願を持ちはじめてから久しい。

おれたちはあの日以来二本の足で歩きまわることをやめた。
さればといつて手の長さと脚の長さのちがつてしまつたおれたちは、
もう四足で歩くことは永久に御免だ。
おれたちは二本の手を
それが最大の忍従のように、べつたりと前へ突き、
嬉しそうに膝ではいずりまわる。
巨大な暗紫色の茸雲を

あの日薔薇いろの鉱石質の空に見てから、
おれたちの腹は孕女のそれのようにふくれかえり、
臍からじゆくじゆくと油を垂らす。
その量がやれ多いの少いのと騒々しいこと。
ひとの拭いたところをまた汚したといつて喧嘩すること。
それがおかしいといつて
あばら骨がすいて見えるほど苦しげに笑いこけること。
もうおれたちは恥部なぞかくす必要はない。
それにかかずらわつている余裕もない。
おれたちの頭痛の種は
いまこの始末のわるいふくれかえつた暗赤色の臍をどう始末するかだ。
臍に
目ができ、
鼻ができ、
ひよろひよろとおかぼのような生毛が
そのつるつるてんの頭のうえにそよいでいるかどうか
丹念にそいつをひつくりかえしてしらべる朝が
おれたちの一日の日課のなかでもつともげんしゆくな刻だ。
だからおれたちは

薔薇いろの鉱石質の陽のなかを
嬉しそうに膝ではいずりまわるしかない。
おれたちが地上にひろごるおのれの影を消しはじめてから久しい。
おれたちが発つてきた暗黒の故里を忘れはじめてから、既に久しい。

詩は現実を捉え、表現する。広島に投下された原子爆弾による現実の惨劇はさまざまに描かれてきた。それは私たちの眼で見た惨劇であり、地獄図に似た光景であった。私たち人類が二度と繰り返してはならない体験であった。これらの地獄図に似た光景の記述や報告はそれ自体が貴重な証言だが、「死者の書」の作者はこの惨劇の本質がどういうことであったか、を問いかけている。広島に投下された原子爆弾がもたらしたものは私たちから人間としての尊厳性を奪い取ることであった。そのために、被害者である私たちは、二本の手をべったりと前へ突き、膝で這いずりまわることになる。人間は直立して歩くことを覚えることによって、人間、ホモ・サピエンスとなった。二本の手を大地につけて膝で這いずりまわることとは、人間であることを止めることに他ならない。腹が妊娠した女性のようにふくれあがり、臍からじゅくじゅくと油が流れ出るとすれば、これは可哀そうな生物であっても、人間ではない。その油の量を争ったり、そのために喧嘩したりすることも人間性に反している。臍から目が生え、鼻が生え、頭の上に産毛が生えるとすれば、やはりもう、私たちは人間ではない。御影石に残った人影をこれまで消そうと努力してきたが、たぶん消えることはないだろう。これは原子爆弾の投下が私たちから人間性を奪い取ったからであり、奪い取られた人間性を取り戻すことはできないからである。

この詩は空想の地獄図である。しかし、原子爆弾の投下による惨禍が人間性を奪い去ったとすれば、これはあながち空想にすぎないと言い捨てることはできない。広島原爆の被害者は逃避の途次、這いずってでも一刻も早く安全な地域を目指したであろう。体にさまざまな異物が生じるのを感じることもあったにちがいない。この空想の地獄図は被害者たちの苦難を極限化して描いたのだということもできる。これが現実ではないかどうかは、じつは問うべきことではない。広島に対する原子爆弾の投下は私たちから人間性を奪い取ったのだ、と作者はここで告発しているということを私たちは知らなければならない。

現代詩は現実を直視し、現実に隠された本質を探り、本質を表現する。この詩は現代詩に課せられたそういう役割を果たしている作品とみてよいであろう。

付け加えて言えば、私は、この作品の末尾の一行をどう解釈するか、自信をもつことができない。一応の解釈を以下に示す。この一行は

おれたちが発つてきた暗黒の故里を忘れはじめてから、既に久しい。

というのだが、「暗黒の故里」を私はわが国の歴史の上の暗黒時代、つまりは軍部が政治を支配し、朝鮮半島から中国、東南アジア諸国を侵略した暗黒時代を指すように感じられるのだが、どうであろうか。広島、長崎への原子爆弾の投下はこの暗黒時代の終焉であった。私たちの「故里」はそういう暗黒時代であった。私たちはこの「暗黒の故里」をすでに忘れはじめている。これは健忘症とも言う

べき症状だが、この「暗黒の故里」の終焉が広島、長崎への原子爆弾の投下であったことを私たちは忘れてはならない、と安東次男は、この詩の末尾で、私たちに警告したのだと解するのもあながち誤りとは言えないと考える。

＊

詩集『蘭』の巻頭に収められたのが「死者の書」だが、同じ詩集に「証人」という作品が収められている。以下に引用する。

風のある
日には、
ぼくはまた椋鳥の夢を見る
その
繻子のような
乾いたおびえた目は
ボタンのようだ、
ぼくは
ボタンを押す
すると凹みができ、
その凹みの乱反射のなか

を
日没
の、
影のように
馳け下つてゆくものがあつた
今日、樹は
囚われた
炎、
の廻転ドアだ
ぼくは
出口を
見失つてしまつて、
ぼくが
樹、
になり
炎、
になり
すると幾千ものぼくがあらわれる
その

ぼくの目は、
椋鳥のように
繻子のような乾いた目をもつ
幾千もの
ぼくの目に、
凹みができ、
おもい鎧扉のように
睫毛は
垂れる、
と、
虐殺の、
街
へ
そのぼくが、
あふれでて　証人となつて。

この詩で作者が何を訴えようとしているのか、一読したかぎりでは、分かりにくいかもしれない。この作品は昭和初期のモダニズムの形式を借りている。作品中の言葉がほとんど文節をなしていない。断片的な言葉の羅列である。たとえば、

ぼくが樹となり、
ぼくが炎となり、

ということとどこが違うのか。この詩では作者は意識的に読者をつかえさせている。読者に一語一語をつかえさせ、内心にかみしめながら読み進むことを要求している。作者としてはどの言葉も読み飛ばしてもらっては困るという思いがある。そういう実験的手法により表現の方法や形式を拡張することも戦後の詩人たちの営為であった。

ところで、この詩ははじめから、「椋鳥」を夢み、その夢を語っているのだということから理解しなければならない。凹みを押すのも夢のなかの行為である。樹が炎となり、炎が樹となるのも夢のなかの出来事である。とはいえ、樹でもあり、炎でもある回転ドアで出口を見失うことは、作者の夢みる現実であり、ここで幾千の「ぼく」に分裂し、作者自身がどこに真の自分が存在するのかを見失っている、ということこそ作者の伝えたいメッセージなのである。だから、外界でどんな虐殺が行われていても、自分は「証人」にはなれない、ということがこの詩で作者が伝えようとすることの詩の意図である。外界で行われている「虐殺」がどういうことか、作者は語っていない。スターリンの行ったような、あるいはナチス・ドイツの行ったような虐殺なのか、あるいはわが国の特高警察の行ったような残忍な行為なのか、この詩からは分からない。政治的権力の行使でなくても、私たちの周辺には、弱い者、敗北した者たちを排斥し、弾圧するような行為が横行している。たぶん、作者の経験した事実が、この詩を書いた動機として存在するのではないか、と思われる。おそらく、ある紛争に関して、

「ぼく」は証人となることはできないと宣言することに彼の真意があったと想像する。しかし、それがどういう事実であったかを詮索することは意味がない。ただし、この作品は別の解釈がいかようにもあり得ると考えている。

*

安東次男の詩に「碑銘」という短い作品がある。ひろく知られているようだが、引用すれば、次のとおりの作品である。

建てられたこんな塔ほど
死者たちは偉大ではない
ぼくは死にたくなんぞないから
ぼくにはそれがわかる
ところでなぜぼくは
こんなところに汗を垂らしてうつむいて
いるのだ一篇の詩がのこしたいためか
似たりよったりの連中のなかで
生れもつかぬ片輪の子を生んで俺の
子ではないとなすりつけ
あいたいためかぼくにはそれがわかる

建てられたこんな塔ほど
死者たちは偉大ではない。

作者はつねに体制に対する反抗者であり、批判者であった。六〇年安保闘争によって樺美智子が死んだが、この詩に言う死者たちには彼女も含まれているかもしれない。それでいて、彼女らを英雄視することに作者は我慢ならなかった。決して彼女たちは偉大であったわけでない。しかも、作者も騒動の参加者である、いろいろその理由を詩のなかで述べているけれども冗談の域を出ない。作者は、建てられた塔ほど偉大ではない、と言うけれども、その死が無意味だと言っているわけではない。がやがや反体制的運動のために集まること自体に意味があると言っているのである。そういう意味で、この詩は樺美智子その他の死者たちへの反語的な追悼の詩と解すべきである。

*

『安東次男全詩句集』（二〇〇八年七月、思潮社刊行）にはこの「碑銘」の直前に「厨房にて」という詩が収められている。これは美しい作品であるばかりでなく、安東次男が詩人としてレトリックの名手であることを示している作品である。

透明な直立した触媒
水のリボンが
自然の奥の

もうひとつの自然の形に
つながつている
はじかれた水が疑つている暗部で
結晶しなかつた一日が
無数の
ゼラチンの
星のようにはりついている
存在の白桃まで
ひさしく届かない

この詩の厨房に実在するのは、厨房の流し台におかれた一個の白桃とその白桃に注いでいる水道の水だけである。この詩の言葉はすべて白桃と水の装飾にすぎない。白桃に注いでいる流れる水がリボンをなし、そのリボンという自然の奥にさらに自然が隠されている、という。流れ落ちる水のリボンの奥からやがて白桃の仄かな紅を帯びた形が隠されており、その豊かな形の出現を流れる水のリボンが準備しているのである。

これは美しい華麗な情景である。厨房に近く、親しい仲間や家族が雑談しているかもしれない。そんな愉しい情景まで思わせる、この詩の表現は戦後詩にみられる技巧の粋といってよい。

石垣りん

石垣りんは、その傑作「シジミ」や「表札」により、日常的な瑣末に潜む真相を抉りだした詩人であり、およそ観念的でなく、つねに具体的に、事物を捉える名手と考えられがちである。しかし、一九二〇年生まれの石垣りんは、まぎれもなく、戦争、戦後を体験し、その体験にもとづき、詩作した詩人であった。戦後詩を書いて数々の後世に残る作品を遺した女性詩人の第一人者であった。

彼女の第一詩集『私の前にある鍋とお釜と燃える火と』は、その題名から、台所に縛り付けられた女性が書いた詩集と誤解されるかもしれない。I部からV部までに分類されて収録されている詩の中から、まずI部冒頭の「原子童話」を読む。

戦闘開始

二つの国から飛び立った飛行機は
同時刻に敵国上へ原子爆弾を落しました

二つの国は壊滅しました

生き残った者は世界中に
二機の乗組員だけになりました

彼らがどんなにかなしく

またむつむじく暮したか――

それは、ひよっとすると
新しい神話になるかも知れません。

これは明らかに原子爆弾反対、禁止の呼びかけである。石垣りんが戦後詩の詩人の一人であることを示しているが、このアイロニカルでありながら、哀愁あふれる表現こそが彼女を多くの凡庸な詩人や原爆禁止運動家の発言とは異なる、彼女の天性であり、独自の個性である。
次に詩集の表題作「私の前にある鍋とお釜と燃える火と」を読む。かなり長い詩だが、やはり全文を読んでいただきたい。

それはながい間
私たち女のまえに
いつも置かれてあったもの、

自分の力にかなう
ほどよい大きさの鍋や
お米がぷつぷつとふくらんで
光り出すに都合のいい釜や

劫初からうけつがれた火のほてりの前には
母や、祖母や、またその母たちがいつも居た。

その人たちは
どれほどの愛や誠実の分量を
これらの器物にそそぎ入れたことだろう、
ある時はそれが赤いにんじんだったり
くろい昆布だったり
たたきつぶされた魚だったり

台所では
いつも正確に朝昼晩への用意がなされ
用意のまえにはいつも幾たりかの
あたたかい膝や手が並んでいた。

ああその並ぶべきいくたりかの人がなくて
どうして女がいそいそと炊事など
繰り返せたろう？
それはたゆみないいつくしみ

無意識なまでに日常化した奉仕の姿。

炊事が奇しくも分けられた
女の役目であったのは
不幸なこととは思われない、
そのために知識や、世間での地位が
たちおくれたとしても
おそくはない
私たちの前にあるものは
鍋とお釜と、燃える火と

それらなつかしい器物の前で
お芋や、肉を料理するように
深い思いをこめて
政治や経済や文学を勉強しよう、
それはおごりや栄達のためでなく
全部が
人間のために供せられるように

全部が愛情の対象あって励むように。

石垣りんは、炊事は男女が均等に負担すべき家事であり、夫も妻と同じく、炊事の労力を分担すべきだとは主張していない。炊事が女性の役目であったことを「不幸なこととは思われない」という。現在からみれば、ずいぶん男性に寛容すぎるほど寛容な女性であった。当時でも男性にこれほど寛容ではなかった女性は多かったはずである。しかし、深い思いをこめて政治、経済、文学などを勉強しようという確固たる決意をもっていた。私には、石垣りんは、炊事は女性の大事な仕事であり、守るべきことは人間としての尊厳であった、と考えていたように思われる。

私がこの詩集の中でもっとも心をうたれた詩「貧乏」を以下に引用したい。

私がぐちをこぼすと
「がまんしておくれ
じきに私は片づくから」と
父はいうのだ
まるで一寸した用事のように。

それはなぐさめではない
脅迫だ　と
私はおこるのだが、

去年祖父が死んで
残ったものはたたみ一畳の広さ、
それがこの狭い家に非常に有効だった。

私は泣きながら葬列に加わったが
親類や縁者
「肩の荷が軽くなったろう」
と、なぐさめてくれた、
それが、誰よりも私を愛した祖父への
はなむけであった。

そして一年
こんどは同じ半身不随の父が
病気の義母と枕を並べ
もういくらでもないからしんぼうしてくれ
と私にたのむ、

このやりきれない記憶が

生きている父にとってかわる日がきたら
もう逃げられまい
私はこの思い出の中から。

これは悲しく辛い詩である。みとっていた祖父の死は肩の荷をおろすこととは比較にもならないし、半身不随であっても、父の死は父が片づくことではない。人間としての尊厳性を損なう、こうした言葉に石垣りんは傷ついている。これはまた、生へのいとおしみと言いかえてもよい。それが原子爆弾投下への憎悪、原爆反対、原爆禁止、といった心情につながるのである。

*

石垣りんの第二詩集『表札など』は一九六八年に刊行された。この詩集は女性戦後詩人の金字塔ともいうべき詩集である。
ひろく知られた作と思われるが、「シジミ」をまず読む。

夜中に目をさました
ゆうべ買ったシジミたちが
台所のすみで
口をあけて生きていた。

「夜が明けたら
ドレモコレモ
ミンナクッテヤル」

鬼ババの笑いを
私は笑った。
それから先は
うっすら口をあけて
寝るよりほかに私の夜はなかった。

この諧謔にあふれた詩には、シジミの生に対するいとおしみがある。自分を「鬼ババ」と考えなければシジミを食べることができない哀しみがある。これもアイロニカルな表現を生かした名作である。
次にやはりひろく知られていると思われる、詩集の表題を採られた「表札」を読む。

自分の住むところには
自分の表札を出すにかぎる。

自分の寝泊りする場所に
他人がかけてくれる表札は

いつもろくなことはない。

病院へ入院したら
病室の名札には石垣りん様と
様がついた。

旅館に泊っても
部屋の外に名前は出ないが
やがて焼場の罐にはいると
とじた扉の上に
石垣りん殿と札が下がるだろう
そのとき私がこばめるか？

様も
殿も
付いてはいけない、

自分の住む所には
自分の手で表札をかけるに限る。

精神の在り場所も
ハタから表札をかけられてはならない
石垣りん
それでよい。

これは機知に富んだ詩である。ただ、それだけではない。私の知るかぎり、彼女は結婚することなく、生涯を過ごしたので、その死を迎えたときも、みとってくれる親族を期待できなかったろう。焼場で彼女の棺が入った後、扉に「石垣りん殿」という札が掲げられるときも、彼女は孤独だったにちがいない。そういう寂寥に耐えて、こういう詩をさりげなく書いているから、私たちは彼女の作品を忘れないのである。
私には次に示す「花」も深く心に沁みる作品であると思われる。

夜ふけ、ふと目をさました

私の部屋の片隅で
大輪の菊たちが起きている
明日にはもう衰えを見せる
この満開の美しさから出発しなければならない

遠い旅立ちを前にして
どうしても眠るわけには行かない花たちが
みんなで支度をしていたのだ。

ひそかなそのにぎわいに。

ここにはヒトの生のいとおしさに向けられている、同じ眼差しが満開の菊の花に注がれている。美しく、豪奢な満開の菊の衰えへの旅立ちに向けられる眼差しのやさしさ、いとおしさが私たちの感慨を誘う作である。
もう一篇だけ石垣りんの詩を読んでおきたい。これも『表札など』所収の作、「貧しい街」である。

一日働いて帰ってくる、
家の近くのお惣菜屋の店先きは
客もとだえて
売れ残りのてんぷらなどが
棚の上に　まばらに残っている。

そのように
私の手もとにも

自分の時間、が少しばかり
残されている。
疲れた　元気のない時間、
熱のさめたてんぷらのような時間。

お惣菜屋の家族は
今日も店の売れ残りで
夕食の膳をかこむ。
私もくたぶれた時間を食べて
自分の糧にする。

それにしても
私の売り渡した
一日のうち最も良い部分、
生きのいい時間、
それらを買って行った昼間の客は
今頃どうしているだろう。
町はすっかり夜である。

私たちは私たちの労働を売り渡して賃金を受け取り、日々の糧を得る。売れ残った自分の時間をどう過ごすか。一日の終りに私たちの感じる侘しさ、空しさ、やるせなさを、見事に描いた作品である。お惣菜屋さんの売れ残り、の譬喩が巧みである。

高度成長期以降のわが国で育った世代の人々にはこうした貧しさの感覚は理解しにくいかもしれない。あらためて、石垣りんは戦後派の詩人に属するのだという感をふかくする。しかし、彼女の作品は、かりに今の若い読者に共感しにくい、いくつかがあっても、長く読み継がれていくにちがいないと私は信じている。

宗左近

宗左近の『炎える母』は一九四五年五月の東京大空襲において、ともに逃げた母とはぐれ、母を死なせた詩人の三百頁をこす長篇詩である。亡き母への痛切な鎮魂歌であり、東京大空襲の貴重で、かつ詳細な記録である。東京大空襲はこの年三月、四月、五月と続けて行われた。三月十日の浅草などの下町に対する空襲はあらかじめ、四辺に焼夷弾を豪雨のように降らせて炎の壁を作り、その後に四辺の炎の壁の中の地域に焼夷弾を雨霰と投下し、地域内の市民をすべて焼け死なせることを意図した、まことに残虐な空襲であった。四月、五月の空襲は三月の空襲に比べれば、計画性はなかったが、規模においても残虐性においても、決して劣らない、非人道的な空襲であった。宗左近という稀有の詩人がこの五月の空襲の被害者となったために『炎える母』という比類ない記録を後世に残すことができることとなった。

『炎える母』の全篇を紹介することはできない。かいつまんで、そのハイライトと言うべき部分を読むことにする。この詩集は序詞に始まり第Ⅰ章「その夜」から第Ⅵ章「サヨウナラよサヨウナラ」までの六章、それに終詞から成るが、第Ⅰ章「その夜」がその夜の行動をつぶさに記述しているので、まず、「その夜」を読むことにするが、「その夜」は「月の光」と題する第1節から「走っている」と題する第14節に至るまで、その夜の詩人と母との行動がこまやかに記されている。まず、「その夜」から摘記しながら、二人の行動を追うこととする。

当時、詩人の妻子は福島に疎開していたので、妻子の荷物を背負って福島に赴く母は午後十時半上野駅発の列車に乗りこむ予定であった。母は夜汽車で前夜福島から上京し、荷物を背負ってすぐ福島に戻るつもりであった。作者とその母は作者が間借りしていた四谷左門町の真福寺の離れを出て、信濃町駅に向かっていた（「1　月の光」）。信濃町駅に二人が足を踏みいれたとき空襲警報のサイレンが鳴り、大編隊の敵機が東部上空から近接しつつあるという放送を聞き、どこへ帰るか迷っていた（「2　環状線」）。彼らは真福寺の離れに戻ることにした（「3　赤い火」）。戻ってすぐ

あっと息をのみおえたときにはすでにわたしたちは
油脂焼夷弾の炎える花園に閉じこめられてしまっている

作者は火叩きで消そうと奮闘するが、火の勢いは如何ともできない（「4　炎の小鳥」）。

いつのまにか母の正面にむいていたわたしは母の頭の
黒い防空頭巾にもうひとつの花が炎える花びらを散らしているのを見た
はじめて驚きと怒りがわたしのなかで爆けた爆けたと同時に
オカアサンはりあげたに違いないわたしの声をわたしは聞けなかった
いきなりガオーッ凄じい光の風が右手の炎の繁みから捲きおこり
金箔の部厚い闇で母とわたしを遮ってしまったのだああ

（「5　金箔の仏壇」）

時間にすればおそらく二分とはたたなかったであろう動けないでいる
位牌みたいなわたしを突き動かしたのは横顔に吹きつける熱風であった
いやいやをするみたいに二度ほど顔を動かしてから急にわたしは
焦げる板みたいに背中をそらして母の方へと倒れていった

（中略）

西が本堂の壁で南が離れの正面で東が隣接の墓地で北が小高い庭園で
囲まれているこの六メートル四方の空間は落下しやまない油脂の花々の
奇態にも冷たい光の波の上下しているプールのなかみたいだから
かなたとこなたの暗さを溶かして炎えるガラス棒のスダレの層の
ゆれあい撥きあうプールのなかみたいだからつまりはプールの
四つ隅だけにしか暗いところのありえようわけはなくわたしたちの
もたれこんだところは本堂と離れの間の半メートル幅の路地なのだが
路地は二メートルばかりでおわりたちまち断崖となり
（「6　谷間」）

続く濃密な描写は省くこととする。母子は断崖をどうにか降りて逃げ道を彷徨する。「谷間にひそむものの千の鱗が静かにゆらめきはじめている」（「7　ゆらめいている鱗」）。

駈け足になっていた
谷底だから駈け足になっていた
母を崖上から引きずりおろしたから
駈け足になっていた
細い道がここもかしこも
いち早く燃えあがろうとしている木々と家々の

炎と煙の壁のゆきどまりにぶっつかって
母と一緒ではその壁をつき破って
かけぬけることはできないのだから
胸の動悸が駈け足になっていた

この「8　谷底」はさらに続く。

足が四本の足が
手が真中の二本の手が握りあわされて三本となった手が
吹きあげてくるものから追いたてられ
吹きよせてくるものに向かってゆかなければならないから
駈け足になっていた

「8　谷底」はこのような情景を描き、「9　木梯子」に読者を導く。

あえいでいた
わたしと母はあえいでいた
わたしのあえぐことで
母があえいでいた

と始まる。火の海となった谷底から木梯子でまた崖上の真福寺の墓地にひきずりあがる。

この墓地は直方体
その約三十五メートルの一辺はすっかり
その約二十五メートルの一辺は約五メートルだけ
崖下の谷間にのりだしている

そしてまた、

崖下はもう火の渦の谷間
崖上のここの二辺の家並は火のびょうぶ

「10　地理」はこう書いている。「11　墓石」では

わたしは明るく目を見開いたまま眠たくなってくるおお
これが死ぬということなのかおれのサヨナラということなのか
こうしてここで燃えてくためにに生きてきた二十六年

といった感慨、諦念、覚悟が語られる。「12　墓地炎上」では

炎の海のただなかで
石の墓鉄の墓石の墓鉄の墓石の墓
いっせいにかたくなにゆれる
いっせいにかぐろく炎える

内部の炎えないこころが炎えようとして
光を放ってその光の波の赤熱のために

というような墓地炎上の光景が描かれ、「13　炎の海」の冒頭、

走った
赤い眠りの海ぞこの
ウニみたいな黒い針が
脊椎に突き刺さったから
(おお白い激烈の電光の槍)
走った
沸っている火の波をけって

けって
走るとはずぶずぶと波のぬかるみのなかに
よろめきのめりこむ
ことではあったが
走った

という「13　炎の海」に続き、最終節「14　走っている」に読者はたどりつくこととなる。ここでは

わたしが
走っているから走りやまないでいる
走っている
とまっていられないから走っている

と走り続けているのだが

いないものは
いない
走っていないものは
走っていない

走っているものは
走って

母がいないことに気づく。

母よ

いない
母がいない
走っている走っていた走っている
母がいない

というような状況の後、

一本道の炎の上

母よ
あなたは
つっぷして倒れている

夏蜜柑のような顔を
炎えている
枯れた夏蜜柑の枝のような右手を
炎えている
もはや
炎えている

という一節を含んで、この第Ⅰ章「その夜」は終わる。
しかし、この母の最期については「第Ⅴ章　祈り」に収められている「愛しているというあなたに」中の次の数行が真実を伝えているようにみえる。

愛するとはどういうことなのか
そう尋ねることが直ちにわたしには
殺すとはどういうことなのか
殺しておきながら生きているとはどういうことなのか
そう尋ねることとまったく同じことなのだから
燃えさかる炎のただなかにたしかにわたしは
母をおきざりにして逃げてきました
引き返し抱きおこすこともできたはずなのに

一目散に走りに走ってふりむきませんでした
見殺しにしたのではないそれ以上です

ここに『炎える母』を書かなければならなかった真の動機があることは誰もが理解するだろう。しかも、作者以外に作者を責める資格がある者が存在するか。

この長篇詩「炎える母」はまことに痛ましい東京大空襲の記念碑である。

宗左近はその後一行詩という新たな試みに挑戦し、それなりの成果をあげたが、『炎える母』を読んできた後にはあえて紹介する意欲がない。

那珂太郎

日本語の韻律の美しさをはじめて発見し、日本語の韻律の美しさを表現しようとした実験的な詩を発表したのは萩原朔太郎だが、この美しさを究極まで徹底的に追求したのは那珂太郎である。彼は第一詩集『Etudes』は福田正次郎の本名で刊行したが、第二詩集『音楽』ではじめて那珂太郎の筆名で一九六五年に刊行した。『音楽』は一九六〇年に発表した「秋の・・・」「作品A」「作品B」「作品C」を巻頭に収めている。これらの詩の中からまず「作品C」を読むこととする。これは以下のとおりの散文詩である。

ありあけの寄せくる波のさざなみの
藍のあやめもしらなみの想ひの空の
すだれの水晶の揺れの雪の花びらの
愁ひのうてなの薄むらさきの翳りの
鐘のこだまの風の髪毛の虹のながれ
の夏の泪の茱萸の実の燃えるいたみ
のいのりのいのちの透きとほる塔の
かがやきの闇の琥珀の香りの氷の繭
の幻のふるへのみえぬはだへの白桃
の遙けさのはげしさの光の燐の憂愁

これは言葉遊びのようにみえる。それぞれの言葉の連なりが意味をもつとは思われない。たぶん最後の「憂愁」にみちびくためのイメージを次々に喚起させる意図かもしれないが、むしろ言葉が、意味よりも、イメージよりも、音韻的な効果のために選ばれ、配置されているように思われる。たとえば第一行をみると「ありあけの寄せくる波のさざなみの」には「ありあけ」のア音、「波の」ナ音、「さざなみ」のサ音に共通する母音アが読者の耳を捉えるだろうし、第二行では、このアの母音が「藍のあやめ」と繰り返されて耳底に残るのだが、ここで、さらに「あやめもしらぬ」という古語を「あやめもしらなみ」と受けているのも「なみ」のナ音（ア音）を響かせるためである。第三行では「すだれの水晶」が「ス」音の繰り返しによる音韻効果のためであることは言うまでもない。

これ以上の説明は必要あるまい。この「作品C」はもっぱら音韻効果をひきだすために言葉を選び、言葉を連ねているのだが、これらの言葉の連なりによって「憂愁」という主題に焦点が結ばれているようにはみえない。私は「作品C」は試作の域を出ないと考える。

＊

同じ詩集『音楽』に、この詩集が刊行された一九六五年に発表された「てのひらの風景」と題する詩が収められている。以下にその全文を引用する。

ふしぎないきもののやうにうごく草ひとつはえぬ丘
わかれては出あひはてしなくからみあひはなれゆく道の
藻塩やくあまのたく火のたちのぼるおもひ
すべての道はひたすらみえぬはるかな果てへむかひ

あをざめた血の地下水　肉いろの肉のうへ
かれがれの木の葉にすける葉脈ににて暗くきざまれ
ひとりひとりのさだめのすぢはゆれみだれとぎれもつれ
ひとりはひとりにどこでめぐりあひまたとほのいてゆくか
しづかにゆるやかにひとり老いゆきながらかわいた砂のなか
やがてかずしれぬかなしみの川のかたちに並行してながれ
うづまく砂の風紋にうもれつひにとだえる岬のはづれ
こごえおびえつつ　渇きの風のむごい鞭にうたれ
無をまさぐる　その断崖の
ゆびのをののき

これは愛の詩である。愛を、指に託して、そのおののき、ときめきを描いている。この詩に言う「道」は、いわば恋路と解されるだろう。一人の男性と一人の女性が出会い、愛情をもつ恋路はまた、流れ行き、果ては海にそそぐ川に似ている。恋路は、別れては出逢い、果てしなく絡みあい、時に、離れ、海女の焚く火のような熱い思いである。恋路がどこへ向かっているかは互いに知らない。川が流れるように流されてゆく。彼らがどうしてめぐりあったかは、どうであってもよい。彼らの愛は川の流れのように砂丘に埋もれてしまうかもしれないし、残酷な風に鞭うたれるかもしれない。愛が向かうのは断崖から奈落、つまりは「無」である。これを「指のをののき」が知っている。この詩集の「跋」に作者は「無とはなにも無いのではない。それは在るところの無であり、息づいてゐる無、波だちをののきうごめくところの無である。」と記している。愛とはそういう無なのだ、とこの詩は語っているわけである。

この「てのひらの風景」は愛を「無」とみた詩人の愛の詩である。ただ、この無は息づき、波だつ言葉の音楽であり、音楽が存在するから、「無い」わけではない。在る「無」として愛をうたっている。「てのひら」を題名の一部にしているとおり、この愛は決してプラトニックな愛ではない。フィジカルな愛にちがいないのだが、性愛を想起させない、ひどく透明で純粋な愛である。ここには「あまのたく火のたちのぼるおもひ」というような燃える炎のような激しい愛をうたっているのだが、この炎がどんなに燃えているかは作者の関心ではない。これは愛を「無」とみているからかもしれないし、言葉だけを、言葉がつくりだす音楽だけを信じ、生そのものについては空しく感じている作者のニヒリズムに由来するかもしれない。私は那珂太郎の詩にいつも透明性を感じ、その透明性に魅力を感じている。そのことをさらにその後の作品で確認するつもりである。

なお、この「てのひらの風景」では「作品C」にみられたような極端な言葉遊びは認められない。しかし、「ひとりひとりのさだめのすぢはゆれみだれとぎれもつれ」とか、「きざまれ」「もつれ」「ながれ」「はづれ」「うたれ」といった言葉をかなりの行末としていることなどに作者の音韻効果に対する執念をみることができる。

*

一九七五年刊行の詩集『はかた』から、一、二の詩を読みたい。まず「秋」を採りあげる。以下のとおりの作品である。

女のながい髪の毛はなびくやなぎの波だち
それはかなしみの川のさざなみとながれて
やがて細らむ穂すすきのけむりとなり……

秋はあかるい朝のなぎさのいさよふさかな
それは枯れたさんざしのさかさの影となり
うすばかげろふのうつせみの翅と透け……

秋の女はゆらゆりゆれるゆりの肌のにほひ
それはとほく枯葉ふみゆく　時のあしおと
あをぞらのあてどない彼方への渇き……

この詩において頭韻が終始用いられており、それが、音韻効果をあげていることは朗読してみれば、誰の耳にもはっきりするだろう。「かなしみの川」「うすばかげろふのうつせみ」「あをぞらのあてどない」「ゆらゆりゆれるゆり」といった言葉により確かめられる。そのこととは別に「秋」と題しながら、秋の風物を具象的に示す言葉は数えるほどしか見出すことができない。「穂すすき」とか「うすばかげろふのうつせみ」とか「枯葉」といった言葉があるけれども、それらは作者が写生のために、現象として「秋」という季節の特徴を表現するために用いられているわけではない。作者はきわめて抽象的に「秋」という季節の特徴をとらえている。言いかえれば、作者は、時間の推移を「時のあしおと」ととらえ、季節の推移を彼方への渇望ととらえているのである。そういう意味できわめて観念的、抽象的な詩であり、透明感にあふれている。ここには人間が存在しないということもできるであろう。このような詩が現代詩の切り開いた領域のひとつと私は考える。

もう一篇『はかた』から引用したい。題は「作品＊」である。

ななめになびきながれるもやの
季節は金いろから銀いろから薄墨いろへ
めぐるまぼろしのまはり燈籠
とほい日はちりひぐらしの光の翅はちり
すべてはけふからきのふへきのふからあすへ
みえるものはみえないものへ
在るものは在らぬものへ
時ははしり去るハアプの弦の雨あしとなり
虚空のこころのしがらみのこずゑの
まつげに翳るみづうみの　白内障（そこひ）のひとみに
百千の蠟燭のしろいほのほをともす
しぶくしぐれの綾なすみだれ
ほのじらむ記憶のさざなみにいりまじり

きらめくふゆの螢　なつのしののめの霜の針
はるの白骨のすすきの穂なみはすがれ
透きとほるみづの
すはだににほふ
きみのきみどりのうすみどりのうすものの
うちなびきたゆたふおもひに
ふるへるふとももふくらむふくらはぎの幻は
みだれてもえるおどろの藻をまつはらせ
浮きつ沈みつ　はてしない波の
ゆめのゆらめきのめくるめく薄明のなか
いゆししの逝きつつ逝かず
過ぎつつ過ぎぬとはの時の鳥の
透明のみづ鳥のひかるはねの
ひさかたの
ひかりは空へ

この詩における頭韻について説明する必要はあるまい。語釈をひとつ加えれば、「いゆししの」は『岩波 古語辞典 補訂版』によれば、射られた猪や鹿のように、の意味で、心を痛めるなどの枕詞という。この詩では見えるものは見えないもの、在るものは在らないもの、昨日も今日も明日も、区別することのない無の時間の中の生をうたっている。だから、春にすすきを、夏に霜を、冬に蛍をみることとなる。時間の無い生においては女の太腿も脹脛も性愛の対象ではない。「逝きつつ逝かず」、死も生も分かちえない薄明のなかで光を求めている。これは美しいが、悲しい詩である。このような抒情詩はこれまで存在しなかった。社会性をもたない、人間関係を断絶したニヒリズムの作である。

＊

最後に一九八五年に刊行された『空我山房日乗・其他』から一篇、冒頭の「逝く夏」を紹介しておきたい。作者は久我山に住んでいた。そこで「空我山房」をその号としたのである。「逝く夏」はそれぞれの行間に一行ずつ空けているが、以下では行間はつめて示す。

あをざめしらむよあけの庭の
あさ髪のみだれるくさぐさの暗みに
逝く夏のなみだはなみだちあふれ
ゆらゆれるはだのゆりのゆめもなく
くちなしの白の死のにほひもなく
無明のほめくしののめの野に
とけゆく時のとほいあらしのこゑは
めぐりめぐるめくまぼろしのみどりを
ちりぢりに空へ……

作者にとって、逝く夏の風景もまぼろしにすぎない。これは現世を幻と観じている作者の眼がすでに無明の世界にあるためであり、このような透明な抒情詩は今後もみることはないだろう。

吉野弘

たぶん吉野弘の作中、もっともひろく知られ、親しまれている詩は、一九五九年に刊行された彼の第二詩集『幻・方法』に収められている「夕焼け」であろう。各種の教科書に採用されていると聞いたことがある。私自身、中学校の高学年や高等学校などに学んでいる若い男女にこの詩を読んでもらいたいと希望している。若干長いが、以下に全文を引用する。

いつものことだが
電車は満員だった。
そして
いつものことだが
若者と娘が腰をおろし
としよりが立っていた。
うつむいていた娘が立って
としよりに席をゆずった。
そそくさととしよりが坐った。
礼も言わずにとしよりは次の駅で降りた。
娘は坐った。
別のとしよりが娘の前に
横あいから押されてきた。
娘はうつむいた。

しかし
又立って
席を
そのとしよりにゆずった。
としよりは次の駅で礼を言って降りた。
娘は坐った。
二度あるときは　と言う通り
別のとしよりが娘の前に
押し出された。
可哀想に
娘はうつむいて
そして今度は立たなかった。
次の駅も
次の駅も
下唇をキュッと噛んで
身体をこわばらせて――。
僕は電車を降りた。
固くなってうつむいて
娘はどこまで行ったろう。

やさしい心の持主は
いつでもどこでも
われにもあらず受難者となる。
何故って
やさしい心の持主は
他人のつらさを自分のつらさのように
感じるから。
やさしい心に責められながら
娘はどこまでゆけるだろう。
下唇を噛んで
つらい気持で
美しい夕焼けも見ないで。

作者は三人目では席を譲らなかった娘のやさしい心を理解し、娘が内心で自分を責めていることを知っている。この詩には、何よりもこまやかな観察がある。豊かな想像力と娘の心情に対する洞察力がある。そして、この洞察力の底には作者のみずみずしいヒューマニズムがある。この詩を教科書で学んだ若者は、自分ならどうしたか、娘の行動を肯定すべきかどうか、老人にどこまで親切にすべきか、など考えることが多いだろう。この詩はそういう意味で私たちをさまざまな反省に誘うのだが、この詩が抒情詩となっているのは、最後の一行であり、題名である。つまり、電車の外の空は夕焼けなのだが、人々はそういう自然の美しさに気づくことなく、内心の葛藤に執している。作者がこのささやかな事件を電車の車内だけでなく、地球上の一瑣事という広い視点から見ているから、この詩は読者を感動させるのである。

＊

「夕焼け」に劣らず、人口に膾炙しているのは「祝婚歌」であろう。多くの詩人が知人、友人、後輩の結婚にさいして「祝婚歌」を贈り、披露宴などで朗読することが多い。私も多くの祝婚歌を知っているが、一九七七年に刊行された、彼の第六詩集『風が吹くと』に収められた、この吉野弘の作ほど披露宴などの列席者の共感を呼ぶ作品を知らない。以下にその全文を紹介する。

二人が睦まじくいるためには
愚かでいるほうがいい
立派すぎないほうがいい
立派すぎることは
長持ちしないことだと気付いているほうがいい
完璧をめざさないほうがいい
完璧なんて不自然なことだと
うそぶいているほうがいい
二人のうちどちらかが

ふざけているほうがいい
ずっこけているほうがいい
互いに非難することがあっても
非難できる資格が自分にあったかどうか
あとで
疑わしくなるほうがいい
正しいことを言うときは
少しひかえめにするほうがいい
正しいことを言うときは
相手を傷つけやすいものだと
気付いているほうがいい
立派でありたいとか
正しくありたいとかいう
無理な緊張には
色目を使わず
ゆったり　ゆたかに
光を浴びているほうがいい
健康で　風に吹かれながら
生きていることのなつかしさに

ふと　胸が熱くなる
そんな日があってもいい
そして
なぜ胸が熱くなるのか
黙っていても
二人にはわかるのであってほしい

これほどに夫婦円満の秘訣を説いたものは、詩にかぎらず、他にあり得るとは思われない。作者は人間性の機微を熟知している。いわば人間通の作であり、これ以上、これから結婚しようとしている若い男女に対する適切なはなむけの言葉、忠告はありえないのではないか。これは、前述のとおり、一九七七年に刊行された詩集に収められた詩だから、この詩の制作当時、戦争の惨禍も敗戦後の廃頽もすでに遠くなっていた。戦前の大家族制が崩壊し、夫婦二人で家庭が営まれるのが当たり前になった時代の作である。作者は一九二六年二月生れだが、入営五日前に終戦となったので、軍隊生活を経験していない。山形県酒田市に生まれ、育ったためかもしれないが、戦争を回想した詩は一篇も書いていない。ただ、戦後、企業に勤務し、労働組合に専従し、人間関係の機微を学んだようにみえる。一九五七年に刊行された彼の第一詩集『消息』に収められている「ありませんか」という詩がある。次にこの詩を読むこととする。

面白い話が尽きて

一人去り
二人去り
最後に　話し手だけが黙って
ストーブに残っていたりする。

労働組合の総会で議長をやったとき
発言の少いのに腹を立てて　みんなを
一層黙らせたことがあった。
あの時も淋しかった。言葉不足な苦しみたちが黙っていたのだ。
ひとの前では言えないことで頭がいっぱいだったのだ。
――そいつをなんとか話し合おう――
と若い議長がいきりたったのだ　あのとき。
不器用な苦しみたちは
いつも黙っている。
でなければ　しゃべっている。
なんとか自分で笑おうとしている。
ひとを笑わそうとしている。
そうして
どこにも笑いはない。

そうして

　　なにか面白いことは
　　ありませんか

パチンコに走る指たちを責めるな。
麻雀を囲む膝たちを責めるな。
水のない多忙な苦役の谷間に
われを忘れようとする苦しみたちをも
責めるな。
これら　苦しみたちの洩らす
吐息のような挨拶を責めるな。

それら
どこからともなく洩れてくる
挨拶

　　なにか面白いことは
　　ありませんか

なにか

これはたぶん若い吉野弘が労働組合の総会で議長を務めたときの回想であろう。発言者がないことに議長は苛立っている。何か面白いことはないか、と尋ねても反応がない。面白く座を盛り上げようとする者がいても、誰も笑わない。面白がるよりも、日ごろの苦しみの方がよほど辛いのだし、その辛さはパチンコや麻雀でまぎらわせるより外ないのだ。労働組合の総会のしらけきった雰囲気をこの作品はまざまざと描いている。作者はここでも労働者たちを、人間を、よく見ている。人間とはどういう存在であるか、彼は見抜いている。この眼は「夕焼け」において娘を見ている眼であり、「祝婚歌」において結婚する若い男女に注がれる眼である。

吉野弘は戦争も戦後も歌わない。上記の「ありませんか」は戦後の労働組合の総会を描いているという意味では、戦後派とみられる余地はあるし、戦後の労働組合運動の空しさを描いた作品と考えることができる。そういう観点から、もし戦後派の詩、戦後詩と現代詩とを区別するとすれば、戦後詩に属すると私は考える。飯島耕一の『他人の空』が明らかに戦後詩に属するように。

*

吉野弘の第一詩集『消息』は謄写版刷、限定版であった。後に『幻・方法』が出版されたとき、これに収められたので、『幻・方法』を先に第二詩集と記したけれども、公式には第一詩集とみてもよい。『消息』に収められていなかった、『幻・方法』で初めて収められた作品に「幻・その恩恵」と題する詩がある。

「王様は何も着ていなかったが
着ているのだと　おふれが出ていたし
それが見えないとは
とても口に出しては言えなかったので
見物は誰も皆
結構な着物だと　ほめそやしました」
斯う書いてある。

だが　僕が思うのに
見物の中には
王様の着物を見た者がいた。
そのころ
幻を見る人間は
稀れでなかったし
その日の王様の濃い胸毛や
腋毛や
身体中の赤い底痣など
幻の手がかりになるものは
揃っていたし

それに
幻を見る人間は
幻を一層はっきり見るために
秩序と君主制擁護に関する信念を
動員する能力だって持っていたかもしれぬ
見えないものを見るのが
しばしば
高級な人間の
やってのけることでもあった
などなどを思い合わせると
幻のもたらす恩恵たるや
深刻であった。

「王様は裸だ」
と叫んだ愉快な子供も
子供の声を聞いてホッとした見物も
長い月日の間には
幻を見た人間からうち負かされ
その日はよくも見えなかった王様の着物を

苦労して思い出すよう努力するだろう。
王様の着物の
透明すぎるまばゆさを
ひそひそと　語りつぐだろう。
「王様は裸だ」と叫んだ子供は
古い秩序を弱い頭を
生き生きしたまなこで
爽やかに　一蹴したのに。

この詩の言うところは、思想、知識などを持つ者たちが衣服を着た王様の幻をみるのに、そうしたものを持たない、無邪気な子供たちは王様が裸と見る、ということである。吉野弘はいつも幻をみてはならないと自戒していたようである。「夕焼け」の娘はとしよりへの思いやりのために本当の心に感じていた席を譲りたかったのに、それまでの二回の経験のために三回目には譲らなかったが、これは彼女が幻に生きたからであった。労働組合の総会における沈黙が幻でない真実であった。夫婦が睦まじく暮らすのは、時に、幻に生きなければならない、と教えていた。幻でない真実を追求することが彼の詩作の趣旨であった。

＊

ここで、趣向を変えて、吉野弘が切り開いた別の一面を紹介したい。彼の詩集『北入曽』（一九七七年刊）に「漢字喜遊曲」と題する詩がある。

母は
舟の一族だろうか、
こころもち傾いているのは
どんな荷物を
積みすぎているせいか。

幸(さいわ)いの中の人知れぬ辛(つら)さ
そして時に
辛さを忘れてもいる幸い。
何が満たされて幸いになり
何が足らなくて辛いのか。

舞という字は
無に似ている。
舞の織りなすくさぐさの仮象
刻々　無のなかに流れ去り
しかし　幻を置いてゆく。

——かさねて
舞という字は
無に似ている。
舞の姿の多様な変幻
その内側に保たれる軽(かろ)やかな無心
舞と同じ動きの。

器の中の
哭。
割れる器の嘆声か
人という名の器のもろさを
哭く声か。

漢字に、あるいは、文字に対する興味は詩人の誰もが持っているにちがいないが、そして、この詩には詩人の遊びがあるが、このように漢字に遊ぶことができることは、吉野弘の独自の特有の才能と言うべきであろう。

*

最後に、私が吉野弘の作品の中でもっとも好きな詩を挙げることとする。一九七一年刊行の第四詩集『感傷旅行』の中の「日本の六月」である。

低い
雨雲の下
日本の六月は
青磁の　浅い手水鉢――
雨がぐんぐん水の天井を押しあげ
縁(ふち)から溢れ出ようとしている
縁では人々が爪先立って
じっと目をつぶって
水嵩の増す気配を
聞いている
じっと

私の知るかぎり、わが国の梅雨という季節をこのように俯瞰的に描いた作品はない。それに息苦しくなるような読後感を覚えさせる譬喩の巧みさにおいて、私は戦後詩の成就した世界の豊穣さを感じずにはいられない。「I was born」をはじめ、採りあげなかった著名な作品も多いが、私としては、吉野弘の世界を窺うに足りる作品を一応鑑賞しおえたつもりである。

茨木のり子

茨木のり子が一九五五年に刊行した第一詩集『対話』に「根府川の海」と題する詩がある。彼女の最初期の代表作と思われるので、次に引用する。

根府川
東海道の小駅
赤いカンナの咲いている駅

たっぷり栄養のある
大きな花の向うに
いつもまっさおな海がひろがっていた

中尉との恋の話をきかされながら
友と二人ここを通ったことがあった
あふれるような青春を
リュックにつめこみ
動員令をポケットに
ゆられていったこともある

燃えさかる東京をあとに

ネーブルの花の白かったふるさとへ
たどりつくときも
あなたは在った

丈高いカンナの花よ
おだやかな相模の海よ

沖に光る波のひとひら
ああそんなかがやきに似た
十代の歳月
風船のように消えた
無知で純粋で徒労だった歳月
うしなわれたたった一つの海賊箱

ほっそりと
蒼く
国をだきしめて
眉をあげていた
菜ッパ服時代の小さいあたしを

根府川の海よ
忘れはしないだろう?

女の年輪をましながら
ふたたび私は通過する
あれから八年
ひたすらに不敵なこころを育て

海よ

あなたのように
あらぬ方を眺めながら……。

茨木のり子は一九二六年生れだから戦争期に学徒動員で強制労働に従事した体験があるはずである。彼女が十代の終わりころだったにちがいない。彼女は「無知で純粋で徒労だった歳月」とその時代を回想している。それ故、この詩は戦争のさなかに根府川を通り、青く輝く相模湾を眺めたことを思い出している、失われた青春への哀惜の詩なのだが、読後感は哀惜の悲しみよりも明るい未来を感じさせる。カンナの赤、海の青に象徴されるようにイメージがくっきりとして、じめじめしていない。いわば向日的なのである。いうまでもなく、作者は過去をふりかえって歎き、悔いをかみしめるよりも、その後の八年間に育ててきた「不敵なこころ」を大事にし、「あらぬ方」という未知の未来に賭けているのである。最終連の二行の「あなた」は相模湾の海としか解しようがないが、海が「あらぬ方を眺め」ている、という表現には無理があるように感じられるが、この詩では海と自分を一体化しているのだと解すれば、感覚的にはむしろ巧みな結びと評価できるだろう。
同じ詩集の中に「もっと強く」と題された詩も収められている。以下のとおりである。

もっと強く願っていいのだ
わたしたちは明石の鯛がたべたいと

もっと強く願っていいのだ
わたしたちは幾種類ものジャムが
いつも食卓にあるようにと

もっと強く願っていいのだ
わたしたちは朝日の射すあかるい台所が
ほしいと

すりきれた靴はあっさりとすて
キュッと鳴る新しい靴の感触を

もっとしばしば味わいたいと
秋　旅に出たひとがあれば
ウィンクで送ってやればいいのだ

なぜだろう
萎縮することが生活なのだと
おもいこんでしまった村と町
家々のひさしは上目づかいのまぶた

おーい　小さな時計屋さん
猫背をのばし　あなたは叫んでいいのだ
今年もついに土用の鰻と会わなかったと

おーい　小さな釣道具屋さん
あなたは叫んでいいのだ
俺はまだ伊勢の海をみていないと
女がほしければ奪うのもいいのだ

男がほしければ奪うのもいいのだ
ああ　わたしたちが
もっともっと貪婪にならないかぎり
なにごとも始まりはしないのだ。

この詩に反発を覚える読者がいるかもしれない。たとえば、私には明石の鯛などどうでもいいし、土用の鰻を食べたいとは思わない。まして女がほしければ奪えばいい、男がほしければ奪えばいい、とは私は考えない。だが、これらは成就したいと考える欲望がこの詩で茨木のり子の言うところと私とが違っているというだけのことである。私たちは欲望をもっと強く表明すべきだ、と作者は言っているのであり、その実現のために、ただ叫べばいいということにはならない。だから、これは詩人の夢想にすぎないと切り捨てることは容易である。作者は自立した自由な生活を実現するためにもっと素直に欲望を表明しよう、と言っているのだと私は考える。いかに生きるか、が茨木のり子にとって生涯の課題であった。それは「根府川の海」で語っていた「不敵なこころ」と同じ志のように思われる。

＊

茨木のり子が一九五八年に刊行した第二詩集『見えない配達夫』はその冒頭に二部から成る表題作を収めている。その第Ⅱ部も貧しいものではないが、第Ⅰ部を次に紹介する。

三月　桃の花はひらき
五月　藤の花々はいっせいに乱れ
九月　葡萄の棚に葡萄は重く
十一月　青い蜜柑は熟れはじめる

地の下には少しまぬけな配達夫がいて
帽子をあみだにペダルをふんでいるのだろう
かれらは伝える　根から根へ
逝きやすい季節のこころを

世界中の桃の木に　世界中のレモンの木に
すべての植物たちのもとに
どっさりの手紙　どっさりの指令
かれらもまごつく　とりわけ春と秋には

えんどうの花の咲くときや
どんぐりの実の落ちるときが
北と南で少しずつずれたりするのも

きっとそのせいにちがいない
秋のしだいに深まってゆく朝
いちぢくをもいでいると
古参の配達夫に叱られている
へまなアルバイト達の気配があった

独自の発想と確実な具象性に茨木のり子の詩人としての手腕が鮮やかである。それに植物たちへの作者の目配りが何とも言えず行き届いているのも、この作品を愉しく読ませる所以である。このような肩肘はらない作品に作者の敏感で微妙な感性がみなぎっている。それが、この詩の読後感を快いものにしているようである。

同じように肩肘はった詩ではないが、私の好きな詩を次に挙げることにする。「六月」という短い詩である。

どこかに美しい村はないか
一日の仕事の終りには一杯の黒麦酒(ビール)
鍬(くわ)を立てかけ　籠を置き
男も女も大きなジョッキをかたむける

どこかに美しい街はないか
食べられる実をつけた街路樹が
どこまでも続き　すみれいろした夕暮は
若者のやさしいさざめきで満ち満ちる

どこかに美しい人と人との力はないか
同じ時代をともに生きる
したしさとおかしさとそうして怒りが
鋭い力となって　たちあらわれる

誰もが「美しい村」を夢みることはあるだろう。その夢は必ずしも茨木のり子が夢みた村とは似ていないだろう。私自身について言えば、私はアルコール飲料をほとんど嗜まないから、一日の終りに一杯の黒麦酒を傾けたいとは思わない。そういう意味で私が夢みるとすれば、私の美しい村は茨木のり子の描いた美しい村とはずいぶん違っているだろう。しかし、この詩は理想の村があるとすれば、それはどんな村か、という夢想に読者を誘う契機を与えるだろう。ただ、この詩におけるもっとも肝心なことは「美しい村」を成り立たせるのは人と人との関係だと説いていることである。美しい人と人との力は「したしさとおかしさと怒り」から生まれる、と彼女は言う。親しさとは互いに心が通い合うことである。おかしさは諧謔である。自分を省み、他人と交際するさいの心の余裕から生まれるのが諧謔である。そして、怒りとはたぶん正義に反する行為に対する怒りであり、抗議である。正義をどう定義するにせよ、秩序を保つためには怒りも必須なのである。この最終連に作者がこの詩で真に訴えたいことが記されているのである。ただ、何に「怒り」を覚えるべきか、たぶん正義に反する行為への怒りであろう、と書いたが、何が正義かも問題である。この作品の弱さはどのようにして「美しい村」を実現させるか、について具体性を欠いていることにあるのではないか。そうした欠点にもかかわらず、この詩は魅力に富んでいる。

ここで茨木のり子の代表作として知られる「わたしが一番きれいだったとき」を読まなければなるまい。

わたしが一番きれいだったとき
街々はがらがら崩れていって
とんでもないところから
青空なんかが見えたりした

わたしが一番きれいだったとき
まわりの人達が沢山死んだ
工場で　海で　名もない島で
わたしはおしゃれのきっかけを落してしまった

わたしが一番きれいだったとき

だれもやさしい贈物を捧げてはくれなかった
男たちは挙手の礼しか知らなくて
きれいな眼差だけを残し皆発っていった

わたしが一番きれいだったとき
わたしの頭はからっぽで
わたしの心はかたくなで
手足ばかりが栗色に光った

わたしが一番きれいだったとき
わたしの国は戦争で負けた
そんな馬鹿なことってあるものか
ブラウスの腕をまくり卑屈な町をのし歩いた

わたしが一番きれいだったとき
ラジオからはジャズが溢れた
禁煙を破ったときのようにくらくらしながら
わたしは異国の甘い音楽をむさぼった

わたしが一番きれいだったとき
わたしはとてもふしあわせ
わたしはとてもとんちんかん
わたしはめっぽうさびしかった

だから決めた　できれば長生きすることに
年とってから凄く美しい絵を描いた
フランスのルオー爺さんのように
　　　　　　　　ね

この作品はおそらく茨木のり子が彼女の青春期を回想している作ではない。敗戦がほぼ確実になってから広島、長崎への原子爆弾投下によりわが国政府はポツダム宣言を受諾し、一九四五年八月十五日に終戦を迎えた。一九二六年生れの茨木のり子は終戦当時十九歳だったはずである。したがって、この詩は彼女の十七、八歳ころから二十歳ころまでの回想ということになる。これは彼女の同世代の女性の体験の典型を描いた作品として読まなくてはならない。私は茨木のり子がこの詩で回想されているほど、愚かであったとは思わない。しかし、同世代の女性の典型として読めば、腑に落ちるのである。そういう意味ではこの詩は戦後詩の中でも名作の一つと考える。

この作品で気になるのは題名である。きわめて印象的で訴求力の強い題にちがいない。「私が一番きれいだった」とは自分の生涯で最も綺麗だったという意味だろうが、まさか周りの女性たちの中で自分が一番綺麗だったという意味に誤解する読者はいないにしても、この詩を書いた当時、彼女はまだ二十代半ばなのだから、戦争末期から終戦後の時期が一番きれいだったと決めつけるには早すぎるのである。女性が一番綺麗になるのは、ふつうは女性が成人した二十代半ば、彼女がまさにこの詩を書いたころから、三十代初めであり、人によっては、四十代、五十代になって、円熟して、ひどく綺麗になり、エレガントになる女性を私はこれまで何人も見てきた。それにしても、この詩で東京大空襲をはじめとする全国の主要な諸都市への無差別空襲、広島、長崎の原子爆弾投下などにまったくふれていないこと、空襲の被害者はもちろん、中国大陸に始まり、太平洋の諸島における悲惨な兵士や徴用されて無残な死を遂げた人々、ソ連に抑留されて餓死同然に死去した人々に対する、きわめて冷淡な態度が何故か、私には若干不可解である。

＊

最後に茨木のり子の最後の詩集『倚りかからず』の表題作「倚(よ)りかからず」にふれておきたい。

もはや
できあいの思想には倚りかかりたくない
もはや
できあいの宗教には倚りかかりたくない
もはや
できあいの学問には倚りかかりたくない

もはや
いかなる権威にも倚りかかりたくはない
ながく生きて
心底学んだのはそれぐらい
じぶんの耳目
じぶんの二本足のみで立っていて
なに不都合なことやある

倚りかかるとすれば
それは
椅子の背もたれだけ

茨木のり子という詩人は若いころからいかに生きるべきかに心を砕いてきたことはすでに見てきたとおりである。彼女の最後の生き方として、何事にも倚りかからず、といった。これは人生訓である。このような覚悟には敬服せざるをえない。

たしかに既成の思想、宗教などに依存することは間違っているだろう。だが、私たちが社会で生活を営んでいる以上、多くの人々と関係を保っていかなければ生きていくことはできない。私たちは相互的依存で成り立つ社会に生きている。私たちは日々他人に倚りかかって生活し、また、倚りかかられて生活している。他人に倚りかかられたら、それなりの責務を負うし、どうしても他人に倚りかからなければならないときもある。ただ、椅子の背もたれに倚りかかるだけでは済まないことが多い。そう心得たうえで、「倚りかからず」生きようというのでなければ、この詩は、この人生訓は、大言壮語の誹りを免れないであろう。

長谷川龍生

長谷川龍生が生前に刊行した詩集はすべて目をとおしてきたつもりだが、私としてははじめて長谷川龍生という名前を記憶した作品である「理髪店にて」が彼の生涯における傑作であるという考えに変わりはない。これは彼の第一詩集『パウロウの鶴』に収められている、次のとおりの詩である。

しだいに
潜つてたら
巡艦鳥海の巨体は
青みどろに揺れる藻に包まれ
どうと横になつていた。
昭和七年だつたかの竣工に
三菱長崎で見たものと変りなし
しかし二〇糎備砲は八門までなく
三糎高角などひとつもない
ひどくやられたものだ。
俺はざつと二千万と見積つて
しだいに
上つていつた。
新宿のある理髪店で
正面に嵌つた鏡の中の客が

そんな話をして剃首を後に折つた。
なめらかだが光なみうつ西洋刃物が
彼の荒んだ黒い顔を滑つている。
滑つている理髪師の骨のある手は
いままさに彼の瞼の下に
斜めにかかつた。

どうと言うこともない日常の風景である。海底に沈んだ巡洋艦鳥海を潜水して発見した男は三菱重工長崎造船所で鳥海が竣工したときの状態と比べてアメリカ軍の爆撃によって惨憺たる鉄塊になっていることを発見した。その状況を誰かに話している。その男の顔には鋭利な西洋剃刀があてられている。男はまったく気にしていないが、理髪師が西洋剃刀を頸動脈にあてればたちまち惨劇となる。客が話している巡洋艦鳥海の惨状と、理髪師がその気になれば理髪店でも惨劇が起こるかもしれない、しかし、平穏な時が流れている、その対比がこの詩の興趣である。理髪店の客になっているとき、誰もが、理髪師を信頼し、生命を委ねているのだが、そういう危険を誰も考えていない。しかし、意識していないし、顕在化もしていないけれども、私たちの生活にはつねに危険が潜んでいる。こうした事実を意識しないまま生活している私たちの平穏な生活が営まれている。この平穏な生活の底にひそむ危険への恐怖をこの詩は浮彫にしている。

この顕在化していない恐怖は理髪店にかぎらず、どこにも存在する。しかし、この詩から読者は何かしら不気味な感じを覚えるにちがいない。しかし、この詩はありのままの事実を平静に叙述しているだけにすぎない。しかも、事実の客観的な叙述によって、読者に不気味な感じを覚えさせている。不気味な感じとは起こるかもしれない惨劇への恐怖の予感であるといってよい。私たちの意識下にある潜在的な危険の予感がこの詩によって喚起されるのである。この詩には抒情もなければ、いかなる感情の表現もない。恐怖という感情ないしその予感がヒトとヒトを繋いで社会が成り立っている事実を詩として表現できることを長谷川龍生は初めて示したのであり、これによって長谷川龍生は現代詩に新しい分野を開いたのである。

*

同じ詩集に「鋏のアイディア」という詩が収められている。以下のとおりである。

夜の仕事部屋の、テーブルで
一人のテーラーが、裁断鋏で
逆織ウーステッドの背広地を
右の肩から、前身頃のかたちに
確めるように、切りさいていつた。

ほつと、ひといきいれたとき
どたりと、ひとりでに、陳列の
モーニングを着た首なしボディが

仰向けざま、のけぞりかえつた。
かえつたまま、しばらく
ゆらゆらと揺れている。
空洞になつたボディの内部が
くつきりと見えている。
夜の仕事部屋の、二つの鏡は
強い光の下で、むかいあつて
こちらがわへ反射しあつている。
目を凝らしていたテーラーは
テーブルを支えて、たちあがつた。
たちあがつたが、まるで倭人族(こびと)だ。
鏡面の奥へ、一定の距離をおいて
数知れない股のつけねから
数知れないソーセーヂの脚が
剝きだされていた。

数知れない実像を
信じられるであろうか
空洞になつたボディに

ソーセーヂの脚をあてがい
裁断鋏を大きくひらいて
毛穴のない皮膚の上に
静かに下ろしていつた。

モーニングを着た首のない体形モデルのボディが仰向けに倒れることもあるだろうし、そのとき、モデル・ボディが空洞であることも見えるにちがいない。これが鏡に映っていたであろう。ここまでは実際にありうることとして想像できる。

だが、何故、テーラーが無数のソーセージを空洞のボディにあてがったか。これは読者にとって謎である。それ故、これは詩人の想像力の領域なのだが、空洞になったボディは見苦しい。空洞のままでは放置しておくわけにはいかない。ことにこのボディがモーニングを身に着けていたことを考えると、モデルとはいえ、空洞のままにしておくことは人間性を損なうのではないか。モデルに人間の尊厳性を与えたいとテーラーは考えた。そこで、手近い場所にたまたま無数のソーセージがあったので、テーラーはソーセージで空洞を埋めてやることを決意したのである。このテーラーの行為は常識からは考えられない。精神に異常を生じているとしか、思われないかもしれない。ただ、私たちが、このような奇怪な場に遭遇したと考えてみよう。いかなる異常な行動もとることはありえない、と誰が断言できるか。私たちは何時、どんな、異常な行動をとるかもしれないという恐怖にさらされながら生きている。この詩は私たちにそんな恐怖を教えてくれるのである。

もっと言えば、モーニングを着たまま仰向けに倒れた無様な空洞をさらしたモデルの実態を私たちは正視できない。モデルとヒトとはそうした感情において結びついている。ヒトの尊厳性が傷つけられることの恐怖に日々私たちはさらされているのである。

*

同じ詩集の中から「笑われている」を紹介したい。

いつからフロックコートを羽おつていたのか、
すりきれた尾羽をひきずつていた。
いつからバッグをもちあるいていたのか、
ぱつくりと大きな穴があいていた。
ぱつくりあいたバッグから
奇術の種をとりだし、ずらりと
幼稚園の庭に、ならべてみせた。

象にかたちどつた滑り台の上から
ひとかかえもありそうな積木の家から
子どもたちは集まつてきた。
赤いフランネルをこぶしにかぶせ
まん中に、くぼみをつけて

万国旗をひつぱりだした切那！
ひらひらと不渡小切手をつまみだした。
つづいて、なんまいもなんまいも
偽造公文証書がつらなつてきた。

子どもたちは笑わない。
にらめつこしたように
むつつりとして、笑わない

さあ、おつぎだ！
一本のひもで、首をくくつて
ひもの両端を握りしめて
気あいとともに左右にひらき
かたい結びめを解こうとした切那！
奇術とは逆に、ぐつと首を絞めつけ
おもわず、ぎやつ！　と叫んだ

子どもたちは手をうつて
爆笑し、ころげまわつた。

小さい唇が耳のつけねまで裂け
割れめから舌がはみだした。
ろうかいな大人のらんらんとした両眼が
笑いこけている子供の両眼の奥に
光りやきついていた。

子供は純真でも無垢でもない。大人が失敗すれば、ふだんから大人に虐められ、窘められているから、それ見たことか、と大人の失敗を嘲笑し、爆笑する。

この奇術師のばあい、万国旗を出した刹那、何枚も何枚も不渡小切手、偽造公文書が出てくるというのだし、そもそも、すりきれたフロックコートを着、大きな穴のあいたバッグを持って幼稚園回りをしているのだから、手際の巧妙な、客を惹きつける技能を持っているはずがない。彼はこれまでも失敗を繰り返してきたであろう。彼は生命を危険にさらす恐怖とたたかいながら、これまで商売を続けてきたにちがいない。そこで、彼の最後の演技がこの幼稚園で行われたわけである。彼と幼稚園の子供たちは彼の不器用な演技をつうじ、子供たちが笑わない、あるいは笑うことによって繋がっている。彼らを確実にしっかりと繋ぐのが、瀕死の奇術師のらんらんとした両眼であり、その両眼の光にやきついた子供たちの両眼である。

私たちは日々、他人に笑われるような行為を、笑われるのではないか、という危惧と恐怖を感じながら生きている。笑われることによって、私たちは社会と繋がっている。私たちの生の実態を長谷川龍生はここで私たちに教えたのである。

長谷川龍生の第一詩集『パウロウの鶴』の中で、私が最高の作と考えるのは「理髪店にて」だが、私がもっとも好きな作品を挙げるなら「夜の甘藍（キャベツ）」である。以下に引用する。

だれもいない
がらんとした
夜の野菜市場の
ぶあついコンクリートの上に
冬甘藍の山が、七つ八つ
盛りあげられたままにある。

まつ青な光を放ち
見あげる通り柱の
たかい天井のすみずみに
映りかがやいている。

いま、ひとりの仲買人が
ジャンパーの襟を立てて
市場の中へ、影法師のように
さつと、入つてきた。

するとＴ、甘藍の山肌を這つていた
時節はずれの二匹の青虫が
はたと、死んだように
動かなくなつた。

外はまつくらだ
朝まで吹くつめたい風が
細いつららのあいだを
とおりぬけていく。

これは不可解で不気味な光景である。こういう光景に接するとやはり恐怖を覚えるかもしれない。何故、仲買人が市場に入ってきたために、青虫が動かなくなったのであろうか。市場の外は氷柱が垂れ下がっているほどに冷たく、寒い冬の夜である。仲買人が入ってきたとき、冷たい外気が仲買人とともに吹きこんできて、青虫は死んだのか。それとも、冷たい外気に馴れるまでじっと動かないことにしたのか。山積みされたキャベツ、キャベツの山を動きまわっている青虫たち、仲買人が入ってくると、青虫たちは動きを止める。青虫の動作は可憐である。真冬のキャベツが山積みになっているのは美しい。仲買人が入ってきて、その光景が一変する。不気味だが、何となく愛らしい詩である。

これは抒情詩ではない。抒情詩に見られるような感情や感傷はまったく認められない。しかし、これが詩以外の何物でもないことは誰も認めるであろう。これが現代詩の魅力のひとつである。

＊

私は長谷川龍生の初期の作品を高く評価しているので、一九五七年に刊行された第一詩集『パウロウの鶴』に収められた彼の初期作品ばかり引用してきたが、これらの作品を書いてからたぶんほぼ二十年ほど経ってから発表した作品「ちがう人間ですよ」を紹介しておきたい。一九七六年に刊行された詩集『直感の抱擁』に収められた詩である。

ぼくがあなたと
親しく話をしているとき
ぼく自身は　あなた自身と
まったく　ちがう人間ですよと
始めから終りまで
主張しているのです
あなたがぼくを理解したとき
あなたがぼくを確認し
あなたと　ぼくが相互に
大きく重なりながら離れようとしているのです
言語というものは
まったく　ちがう人間ですよと

初めから終りまで
主張しあっているのです
同じ言語を話しても
ちがう人間だということを
忘れたばっかりに恐怖がおこるのです
ぼくは　隣人とは
決して　目的はちがうのです
同じ居住地に籍を置いていても
人間がちがうのですよと
言語は主張しているのです
どうして　共同墓地の平和を求めるのですか
言語は　おうむがえしの思想ではなく
言語の背後にあるちがいを認めることです
ぼくはあなたと
ときどき話をしていますが
べつな　人間で在ることを主張しているのです
それが判れば
殺意は　おこらないのです

これはかなりに思弁的な詩である。それぞれの人間は共同墓地に埋葬されるような共同の思想の持主でもなければ、共同の意志をもつわけでもない。人間は誰もが自由でなければならない。客と理髪師は違う、別の人である。自分と他人は別の人間だということを互いに認め合わなければならない。そのことが分かれば、誤解も生まれないし、惨劇も起らない。この詩で作者が言いたいことはもっと深遠な思想かもしれない。ただ、この文章の文脈から言えば、そう解することができるだろう。

新川和江

新川和江の第一詩集『睡り椅子』は一九五三年に刊行されている。『新川和江全詩集』の巻頭に収められている『睡り椅子』の第三作目に「君よ　籐椅子のやうに」という詩が掲載されている。次のとおりの作品である。

君よ
籐椅子の様にわたしを抱いて
此のみどりの藤棚の下でねむらせて下さい

夏の日の午睡のひととき
世界中におそれるものの
何ひとつとてない此の誇らかな幸福を
静かに眠りつつ夢みたいのです
静かに夢みつつ楽しみたいのです

やがて
むらさきの花房が
音もなくしづしづと垂れてくるでせう
頬といはず胸といはず腕といはず
はては二重顎のかげの頸筋にまで捲きついて

おお　わたしの体はむらさきの花房まがひ！
わたしは眠りながらほのかに微笑して
その花のひとふさを握らうとします
するとまあ　それはあなたの
やさしい腕　あたたかな抱擁

限りなき幸福よ
何おそれよう　藤棚の毛虫を
花散らす秋風を　移りゆく季節を――
花房は君が腕
籐椅子の様に安楽なる君が腕ゆゑ！

作者の若いころ、二十歳になるかならずの時期の作ではないかと想像する。これは恋愛詩である。近代詩において、恋愛詩は多くのばあい、失恋の詩であり、叶わぬ恋の詩であった。私の知る限りのすぐれた詩の中には、「君よ　籐椅子のやうに」のように、手放しで、成就し、愛されている幸福をうたった詩はない。これは、たぶん、戦後の女性の自主性、自立性とも関係するだろう。それにもまして、読者の想像力を刺激する、妬ましいほどに美しい情景描写は、作者の天分をあらわしていると思われる。女性に限られない。男性でも、誰でもこんな体験を持ちたいと夢想するにちがいない。若々しく、爽やかな抒情詩である。

＊

新川和江の第二詩集『絵本「永遠」』は一九五九年に刊行されている。私はこのころに新川和江という詩人の名前を聞いたように憶えている。作者は三十歳をわずかに超えていたはずである。この詩集に「誕生」と題された詩が収められている。次のとおりである。

あたらしい空間を満たすべくおまえはやって来た
あけがたの雲が薔薇いろの光を帯び
空気がやさしい漣をたてたとき
突如おまえはあらわれて
おどろくママに
可愛いピストルをつきつけたのだ

おお　懼れなしに　悔なしに
抱きしめることが出来ようか　この
脈うつ小さな〈生〉の塊りを
わたしの罪　わたしの無謀
かわいそうな子よ
おまえの背なかに

天使まがいの翼をつけてあげるのを
ママはすっかり忘れてしまった
わたしの罪　わたしの無謀
あんまり先をいそいだので
おまえのちいさな掌に
詐術の木の葉を握らせるのを
ママはすっかり忘れてしまった……

外套も持たず　靴も穿かず
いくつものつめたい冬を
おまえはどうしてよぎることか
おまえはいくども躓いて
そのたびに爪先を傷め　あかい血を滲ませることだろう

生とは
たえず支払うこと
たえず追いかけられること
おまえは怯え　息をきらし
路傍の苦い草の穂を

どんな思いでかみしめることだろう

けれどもおまえは無心に眠る
これが今日の支払いだとでも言いたげに
はでに大胆に襁褓を濡らす
そうしてみごとな泣声で
夜をひきさき
不敵にも
おまえは全世界に号令をかけるのだ

これは出産の経験をもつ母親でなければ書くことができない詩である。第一連では薔薇色の雲、漣を立てる空の下、赤子が出現する。第二連では、懼れなしにこの子を抱けるか、と言うのだが、同時に悔いなしに抱けないと言い、さらに作者は罪と言い、無謀と言うのだが、そういう感情をもつものなのか、教えられる感がある。第四連ではこの子の将来を思い煩い、第五連では、生とはたえず支払うこと、たえず追いかけられること、という箴言が語られる。たえず支払うとは、私たちの人生ではつねに社会ないし人間関係において果たさなければならない義務を負っているということだろうし、たえず追いかけられるとはそうした義務に追いかけられている、といったほどの意味ではないか。要するに、この子も成長するに従い、多くの義務や負担を強いられることを母親として気づかっているのである。最終連で襁褓を濡らし、泣き声を立てる子を見やって、この詩は締めくくられている。

これはたぶん現代詩で初めてうたわれることになった、出産のさいの母親の心境を描いた詩である。かりにそうでないとしても、出産の苦しみ、安堵感、充足感などを詩に書くことは必ずしも稀有でないとしても、ここまでの広い視野から出産をうたっている詩は作者特有の業績であると考える。

＊

一九六三年に刊行された新川和江の第三詩集『ひとつの夏　たくさんの夏』からは私の好きな短い作品を一篇だけ紹介したい。「わかい娘に」と題する詩である。

なぜ立ちどまるのか　かわいい鬼よ
〈今日〉をつかまえ〈明日〉を追いかける
しなやかな脚の　若い鬼よ
なぜふいに立ちどまるのか　森の出口で

散りかけた夾竹桃の木の間がくれに
忘れがたい麦藁帽子がちらちらしても
声をかけてはいけない
ほら　そのように
すぐに優しく涙ぐんではいけない

少しばかり美男で　無口で
むすめごころを惑わせるけれど
それは〈昨日〉の色あせた幻影だ　うしろ姿だ
時として若い心にしのびこむ
メランコリーというやつだ

早く行きなさい　感じやすい鬼よ
〈今日〉にキッスし〈明日〉にプロポーズなさい
道がまぶしく光っているうちに
行きなさい早く　手の鳴るほうへ　未知の森へ

これは人生訓である。若い女性に未知の明日の森に向かって歩み出せと説いている。未知の明日には何が待っているか、分からない。未知の明日を若い女性が懼れるのも当然である。若い女性が未知の世界へ足を踏み入れるのを躊躇することは理解できる。しかも、未知の森へ入れ、と新川和江は勧める。ただ、私たちは、社会の生活においてつねに未知の明日に直面し、明日を生きていかなければならない宿命を負っている。事実、積極的であると消極的であるとを問わず、若い女性も年配の男女も、いつも明日の運命を知ることなく、生きているのである。だから、この人生訓は当然すぎるほどのことを言っているにすぎない。しかし、消極的な女性を多く作者は目にしているのであろう。だから、こういう忠告をしなくてはいられなかったのであろう。ついでにいえば、この詩は、修辞が巧みなので、一見したところでは人生訓にみえない。そのために、かえって読者に訴えるのである。

*

新川和江の次の詩集は『比喩でなく』である。これは評判の高い詩集であった。表題を採られた「比喩でなく」を読む。

水蜜桃が熟して落ちる　愛のように
河岸の倉庫の火事が消える　愛のように
七月の朝が萎（な）える　愛のように
貧しい小作人の家の豚が痩せる　愛のように

おお
比喩でなく
わたしは　愛を
愛そのものを探していたのだが

愛のような
ものにはいくつか出会ったが
わたしには摑めなかった

海に漂う藁しべほどにも　このてのひらに
わたしはこう　言いかえてみた
けれどもやはり　ここでも愛は比喩であった

愛は　水蜜桃からしたたり落ちる甘い雫
愛は　河岸の倉庫の火事　爆発する火薬　直立する炎
愛は　かがやく七月の朝
愛は　まるまる肥る豚……

わたしの口を唇でふさぎ
あのひとはわたしを抱いた
公園の闇　匂う木の葉　迸る噴水
なにもかも愛のようだった　なにもかも
その上を時間が流れた　時間だけが
たしかな鋭い刃を持っていて　わたしの頬に血を流させた

愛とは何か、定義することは難しい。仏教語としては執着のような否定的なニュアンスの意味だし、
キリスト教でいえばアガペー、エロスといった意味だといわれる。それらもさらに説明を必要とする

かもしれないが、日本語の「愛」はこれらの仏教やキリスト教における意味とはまた違った意味で使われている。愛は芽生え、熟し、しかも萎えてしまうこともあり、燃える炎のようになることもあれば、燠のようにくすぶったり、そのまま消えてしまうこともある。愛は育つこともあれば枯れることもあり、うるおうこともあれば涸れてしまうこともある。愛は捉えどころがないふしぎな生物に似ている。愛は「比喩でなく」捉えることができない。「愛」は傷つきながら時間の流れの中で体験する以外に確かめることしかできないのだ、と作者は語っているようである。このような抽象的な主題をあえて詩で造形した作者の技量は非凡としか言いようがない。

最後に、やはり作者の代表作と目されている「わたしを束ねないで」を読む。同じ詩集『比喩でなく』所収の作である。

わたしを束(たば)ねないで
あらせいとうの花のように
白い葱のように
束ねないでください　わたしは稲穂
秋　大地が胸を焦がす
見渡すかぎりの金色(こんじき)の稲穂
わたしを止(と)めないで
標本類の昆虫のように

高原からきた絵葉書のように
止めないでください　わたしは羽撃き
こやみなく空のひろさをかいさぐっている
目に見えないつばさの音

わたしを注がないで
日常性に薄められた牛乳のように
ぬるい酒のように
注がないでください　わたしは海
夜　とほうもなく満ちてくる
苦い潮　ふちのない水

わたしを名付けないで
娘という名　妻という名
重々しい母という名でしつらえた座に
坐りきりにさせないでください　わたしは風
りんごの木と
泉のありかを知っている風

わたしを区切らないで
，(コンマ)や・(ピリオド)いくつかの段落
そしておしまいに「さようなら」があったりする手紙のようには
こまめにけりをつけないでください　わたしは終りのない文章
川と同じに
はてしなく流れていく　拡がっていく　一行の詩

　これは女性の自主、自立を説き、女性の立場の自衛を訴えた詩であり、それこそ比喩の巧みさをのぞけば、いまさらという感が強いのだが、欧米先進国に比べ、まだまだわが国の女性の社会進出は遅れているようである。愉しく読み過ごしていい作品ではない。

入沢康夫

入沢康夫の第一詩集『倖せ　それとも不倖せ』は一九五五年に刊行された。その「正編Ⅲ」の冒頭に「EPISODE」と題する詩が収められており、題名の後に、小さく「24. NOV. 1953.」と付け加えられている。この詩の素材となった事件の起こった日ではないか、と思われる。詩の制作の日を題名に続けて記すのは不自然だから、制作日でないとすれば素材となった事件の日と解するのが常識に沿うであろう。当時の新聞を調べれば分かるはずだが、この詩の鑑賞には関係ないので、調べる労をとらないで、詩を読むこととする。全篇は第Ⅰ章「数寄屋橋から　ほうりこまれた男の唄」と第Ⅱ章「見ていた男の唄」の二章から成るので、まず、第Ⅰ章を引用する。

手をはなすと
体がおれからはなれて　水の面へにげてしまった
おれは今
ざりがにの如きものになってしまった
こうして泥のそこを　あとずさりしていこう
案外
この水そこの泥の中でのほうが
娑婆でよりもずっときれいに生きていけそうな気がする
それにしても
あいつら
三人の毛唐め　三人のよっぱらいめ

三人の航空兵め
おれだって　ポン引などと呼ばれた商売はしていたが
これだって　雄どもにとっての　いわば
航空燈台の如きものであったのだ
そのおれを投げやがった　あっさりポンと
おれは死んだのかな
おれは死んだのだ
おれはざりがにの如きものになってしまった
ざりがにの如きものになってしまった
ああ　上の　上の　ほうで
にげていったおれの体が　たよりなくゆれている

今は埋め立てられてしまった外濠に数寄屋橋から三人の占領軍の航空兵に投げ込まれた事件を素材にしているにちがいない。入沢康夫の生涯の作風からみると、意外に反米的という意味で、政治的な意味をもつ作品である。しかし、体が水底に沈んで、ざりがにのようになっている自分を、彼自身である「おれ」が見ながら歎いている、という構成が非凡である。ことに最終行が胸に迫る。
ついでに第Ⅱ章「見ていた男の唄」も読んでおくことにしよう。

三人の男が　一人の男を橋の上から投げおとした

三人の男は　航空兵の服装をしていた
三人の男は　それからさっさと逃げてしまった

水の上には　波紋がゆれていた
水の上には　ボートが集った
水の上には　二千の野次馬の四千の視線が集った

私は思い出した
航空兵とは爆弾を投げおとして　人を殺す役目だったことを
私は思い出した

さっさと逃げていった一台のB29　そうしてあのきのこの雲のことを
事終ったあとで
その灰の街の上に集った　二十億の人々の四十億の視線のことを

理屈はどのようにも　つくだろう
投げこまれた男は　人肉を売る鬼であったと
やけただれた街は　戦争を終らせるための犠牲であったと
そうだろうよ　そうだろうよ　理屈はどのようにでもつくのだ

三十万の人命の上に　投げおとされた一発の爆弾
三人の男に橋の上から投げおとされた　一人の男
三人の男は　航空兵の服装をしていた
三人の男は　それからさっさと逃げてしまった

水のそこでは　一人の男が死んでしまった
水の上では　二千の野次馬の四千の視線が
波紋と一しょに　あてもなくゆれていた
波紋と一しょに　あてもなくゆれていた！

第Ⅱ部は政治的メッセージの趣きが強く、詩としては第Ⅰ部よりだいぶ劣るようである。入沢康夫も戦後詩の作者の一人であった。ただ、このような政治性をもつ詩を書いても、やはり彼の稀有な資質がにじみ出ているという感がつよい。
おなじ『倖せ　それとも不倖せ』の「正編Ⅲ」に収められている「愛について」を読む。

ぼくたちは歩く
ぼくたちは近づく
ぼくたちは語り合う

ぼくたちは歩き　ぼくたちは語り合う
ぼくたちは語り合う
ぼくたちの愛について　未来について
そのために不可欠な　自由のこと
平和のこと
この焦土で　それは何よりも静かな言葉
よる廃墟にふる雪よりも
砂丘の起伏よりも
それは何よりもおだやかに語られる言葉でなくてはならない

けれどもそれは
数知れぬ歯あとのくいこんだ銃床のように重く
熔鉱炉のように底ふかく燃え
海なりのように幅広く　そうしていつまでも
絶えることのない言葉でなくてはならない
一瞬焼けただれる唇の上ででも
色あせない言葉

どのような暗い厚みをも　とおして聞える言葉
それを選び
ぼくたちはそれを血の中にとかし合う
ぼくたちは抱き合う
ぼくたちは本当だ
ぼくたちは歩く
世界の人間の数だけの方角を指して歩く
ぼくたちは歩く

ぼくたちは近づく

これも戦後詩の範疇に属する、焦土の上で結ばれる愛の詩である。恋人たちは愛について、彼らの未来について語り合うだけではない。彼らは自由について、平和について、静かに語り合わなければならない。このようなことはいかにも戦後的であって、類型的とも言えるかもしれない。しかし、「一瞬焼けただれる唇の上ででも」の三行が卓抜である。また、「世界の人間の数だけの方角を指して歩く」という末尾に近い一行も、戦後の理想主義的な表現であるとはいえ、当時の若々しい心情の表現として、私などには懐かしいのだが、今の若者たちの「愛」とはだいぶ違っているであろう。

この詩集の「補編Ⅰ」に「石の庭で」と題する詩がある。

ひろおうとして　かえって鞭うたれて……落
ちて　白い庭に　むしばまれた百合　それを
ひろおうとして　いたわろうとして

幾十億年のむかしの出来事………みたいに
陽がひさしに　くだける　傷口をしずかに押
す　光の列

目にうつる　ものの名前を　一つ一つたしか
めてみる　ひびわれた　くちびるで　石の庭
で

これはすぐれた抒情詩である。石の庭に百合が咲いている。百合は蝕まれている。その傷口に陽が差している。永遠に近い時間、その光が差しこんでいるようだ。作者は視野にはいるものの名前を一つ一つ確かめている。確かめてみても、どうということもない。唇はひびわれ、他者との会話にも自信をもつことができない。無為、寂寥の時間が流れている。

＊

入沢康夫の第二詩集『夏至の火』は一九五八年に刊行された。この詩集に「樹　その他」と一括して題された五篇の散文詩が収められている。「樹　その他」が『夏至の火』の中でもっともすぐれた作品と言えないにしても、卓抜な作品であることは間違いないし、これら五篇を読むことによって『倖せ　それとも不倖せ』からの作者の詩境の変化を知ることができると考え、これらの五篇を読むことにする。まず第一篇「樹」である。

ポータブルタイプライターを持つた甚だ非個性的な娘が街角に立つて突然聞えてきた会話に——無遠慮な会話に当惑している　彼女は自分がかつて樹であつたことを知つている人があろうとは考えもしなかつた　樹であつた時の彼女は甚だ個性的なけやきの木であつた　彼女のタイプライターが下手なのはまだ指が昔の固さからどうしても抜け切れなかつたからなのだが　彼女は今日自分の腰や胸にも材木のたががはまつていることを知らされたアコーディオンには木がつかつてあつたかしら　タイプライターのケースはあれは何の木でできているのかしら

いわば変身譚である。だが、このケヤキの可憐さはきっと読者の同情を誘い、この詩への感興を呼ぶだろう。第二篇は「風」である。

風は舞台に腰かけ足をぶらぶらさせながら笑い　海を裏
がえして畠に変える　そして人参とドラムを栽培し　男
たちを呑みこむ　のこぎりの刃を曲げる　やがて風は褐
色の髪油を垂らしながら西の税関倉庫にかくれる　風は
恋人を待たない　風の中で男たちは消化されて泡立ち風
はふとつていく　ドラムの上に指を曲げてものうげにさ
かだちしたりする　次にまた舞台に腰かけて笑う　誰も
いない劇場　そしてその笑いを風にさらわせる

風は悪魔の別名であろう。彼は万能であり、あらゆる人間にとって有害なことを平気でやってのける。悪魔はどこにも隠れているし、どんな名前やすがた、かたちで潜んでいるか分からない。作者はこれを「風」と命名して、その行動の一端をこの散文詩で表現したのである。

第三篇は「石」である。これは、私の考えでは、五篇中でもっともすぐれている作品である。

石の上で蜥蜴（とかげ）が眠り　蜥蜴の下で石が眠つていた　眠つ
たまま石は縦横に走ることができる　それというのも石
は眼ざめている時は身動き一つできないのだから　動け
ないくせに眼ざめている時石は自分を雲だと思い　また

野鼠だと思つたりする　蜥蜴は眠りつづけ昔自分が何億倍も巨きかつた日の日蝕を夢みている　自分は今石ころを踏みくだいて駆けているのだと思つている　やがて石は眼をさます　それというのも石はどうしても蜥蜴より先に目をさましてしまうのだから　そうして自分を野末の一かけらの雲と同じものだと思う

この作品にどんな寓意を見出すかは読者の自由である。互いに利用しあうものたちがいる。人間関係でも同じである。どんな寓意をここに見出すのも読者の自由なのだが、このまま文字どおりに読んでも、これは充分に面白い、成人向けの童話とみることができる。

そこで第四篇に移る。「虫」と題されている。

草の中におれをはなった女はだれであつたか　あの女の幅広い爪につまみあげられている間中おれは自分が石の下を這いまわる虫であることを忘れていた　きつい香料はおれの背のひだにつめこまれた　おれは自分を紅玉の数珠であると信じた　かつておれは砂漠の中で火をもやしていた神であつたはずだ　夜の意味を女たちに見付けてやつたのはあれもおれだつたのではないか　あの女は

神ではない　あの女はしかし今日神になりたいのだから
あの女にはもう夜も火もいらないのだ　おれがここにい
て最初にきた男の足に尾の毒を注ぎこめばあとはあの女
がいいようにするだろう　あの女はその男こそが昼と昼
にまつわる悲しみとの神なのだと言つた　それならあの
女はだれか　まだらのある牛の群をひきいて東の野原へ
向つていつたあの女は？

虫も女も神もここに現れるものたちが実在するのか、実在するとすれば、あまりに具象性を欠如している。また、叙述を論理的には説明できない。これは幻想譚として読むべきである。幻想として読めば、虫の感慨もなぜか共感できるように思われる。そのように読者に読まれることを作者は期待していたのだと私は解する。虫の感慨に共感できれば、この作品に興趣を覚えることもできるはずである。

これは次の最終、第五篇「船」についても妥当するであろう。

稲妻がこの一帯をいきなり洗い流す　えびを手づかみで
喰べている一つ目一本足の巨人たち　それから相撲をと
つている巨人たち　とてつもない笑い声　その上に白い
雨がそそいでいる　波がくだけ　砂の上に石臼をおきざ

りにしていく　何千里の潮をこえて船がやってくる　その灰色の帆　がけでは青い火がもえて見る人の背すじを凍らせ　雲の切れ目から海の果に三本の鎖がしずかに繰り出されていく　船がくる　その帆のかげに立った二つの人影　帰ってきた孤児たち

この作品が幻想譚であることは一本足の巨人たちの島であることからはっきりしている。帰ってくる孤児たちは親から捨てられた巨人たちの子ではあるのだろう。帰ってきて幸せになれるのか、読者の想像に作者は任せているようである。ただ、孤児たちを幸せにさせるために作者は彼らを帰らせたのではないか、と私は考える。

＊

「樹　その他」の五篇はいずれも『倖せ　それとも不倖せ』の世界とはまったく変わっている。変わっているのはこれらの五篇だけではない。『倖せ　それとも不倖せ』において、作者が人間や社会に正面から向き合っていたということができるなら、『夏至の火』では作者は人間や社会を裏側からみているのではないか、という感がある。やがて作者は『わが出雲・わが鎮魂』のごとき現代詩の代表作ともいうべき大作を制作するに至るのだが、その詩人としての出発の時点で現代詩の確立に大きな貢献をしたのであった。ここに引用した「樹　その他」以外にも『夏至の火』にはすぐれた作品が多いがその解説は省くこととする。

渋沢孝輔

『場面』は渋沢孝輔が一九五九年に刊行した第一詩集である。この詩集を初めて読んだとき、私は作者が感じているらしい不条理を軽妙に表現する才気に感銘をうけた記憶がある。表題作「場面」を紹介すべきなのだが、かなりな長篇詩なので、短い作品を紹介することとする。これらの作品でも作者の感じている想念、作者の才気は理解できるはずである。「唄」と題する作品が二篇収録されているが、その最初の一篇は次のとおりである。

ぼくにお箸をかしてください
この世はいつだって不思議なことばかりです。
あなたがぼくにお箸をかしてくださるんだったら
ついでにあなたのかなしみもかしてください
ぼくはいばらのご飯を腹いっぱい
夜明けの霧のようにつめこむでしょう
いとしい銀河の狂気の上でみち足りて
無の食卓に星々のくるしみを
千の柘榴のようにばら撒くでしょう
ぼくにあなたのお箸をかしてください

作者はこの世が哀しみに満ちた「無」であると観じている。いばらのご飯を腹いっぱい食べるとか、銀河が狂気しているとか、おそらく同じことだが、星々も苦しんでいるとか、その苦しみを柘榴のように撒くとか、そういった幻想をゆたかに展開している。作者にとって、地に在るものも天上に在るものも、狂気し、苦悩している。すべてが不条理なのである。その不条理の世に生きるつらさを軽やかに歌いきったのがこの詩である。
次いで「彼方の朝」と題する詩を読むことにする。

わたしの残忍さに刃向う秋よ
癒しようのない存在への不断の凋落
支えもなくこの淵に立つくるめきを避け
いかなる手いかなる愛によったら
わたしに相応しい地上のいのちへと行きつけるのか
みずからの深みにばかり晒しすぎたわたしの眼
この夜はこのくるめきはわたしが養った
そんなら　いまこそ生きているものたちに許しを乞いに
もはやかかえきれぬ夜の影を吹きはらって
甦える彼方の朝の光を浴びに……行くとしようか

作者の存在は病んでいる。癒しようもないほどに病み、凋落し続けてとどまらない。そのために作者は眩暈に悩んでいる。どうしたら、存在をとりもどし、眩暈から脱することができるか。それは誰かの手であるか、愛であるか。彼はあまりに孤独であるために彼の生存を危うくしているように感じ、救いを求めて、彼方の朝に足を踏み出すのである。

このような実存を求める真摯で、しかし、深刻というよりも軽妙な言葉で語った詩が現代詩であると言ってよい。

＊

渋沢孝輔の第二詩集『不意の微風』は一九六六年に刊行された。『不意の微風』は『場面』の作者のすぐれた資質がさらに開花したと思わせる、新鮮な思念と想像力にあふれ、ひしめいているかのような充実した詩集であった。

まず「スパイラル」という作品を読みたい。

わたしの背後の埃の中に
もう帰ることはできないねじくれた途
ねじくれたまましだいにかすみ
もうどうでもよい過去となる思い出となる
わたしの踏み迷ったこころの中に
どこをどう通っても脱けることのできないねじくれた途
ねじくれたまましだいにあらわれ
もうどうにかしなければ
生きられない痼疾となり幻覚となる

それでも容赦なくわたしを越えて闇の方へ
わたしを越えて未来の方へ
ひたすらねじくれていっている奇怪な途
わたしはここでもひとりなので
ひとりであらゆる幻の途にむかって身を投げる

私たちは、過去という、ねじくれた生き方を強いられて生きてきた。私たちがねじくれていない、まっすぐな過去を生きてきた、ということは、誰でもたぶん経験していないだろう。こうして過ごしてきた過去から、どうあがいても、私たちは脱出することはできない。私たちはこのような過去のねじくれをどうにかしなければ、これが私たちの痼疾となり幻覚となり、痼疾、幻覚を抱えて生きていかなければならないのだが、どうなることでもない。このねじくれた過去は容赦なく私たちの生を闇にいざなう。私たちの未来にもやはりねじくれた生が待っているだけなのだ。私たちは誰もが孤独である。誰の助けも期待してはならない。未来が幻覚にすぎないとしても、私たちは幻覚にしたがって生きていくより他ない。ねじくれた生は未来も続くであろう。ねじれがどこまでも続くからこの「スパイラル」という題がつけられたのではないか。

これは辛く、悲しい詩である。しかし、詩人がその未来をどう生きるかを自覚的に宣言したと思われるような高貴さとけなげさにあふれている。このような詩を抒情詩と言うだろうか。現代詩は確実に抒情詩の領域を拡張しているのである。

＊

次に「パストラル」と題する詩を読む。

彼のむこうに坂はなく
坂のこちらに彼はいないといったからって
なにをいまさら愚かしいなどといわないでくれ
めくらのくせにめくらになるために生きている
ある時みみずが一匹月夜の坂をのぼっていった
季節は秋それから冬それから春
一筋のみずみずしい光がのぼっていくと
いとしい地球の胸にむしずが走った
いまさらやつの気持がわからぬなどといわないでくれ
わかっていたってわからぬふりをして生きねばならぬ
だからつぎの時みみずが一匹月夜の坂をくだっていった
季節は春それから夏それから秋
一筋のくたびれた光がくだっていくと
やっぱり地球の胸にはむしずが走った
それでももういいだろうなんていわないでくれ

みみずに下りのある坂などはじめからなく
彼は坂　坂は彼の相老いの仲
まだまだその下りのない坂をのぼらなければならないんだから

これは一見したところ作者がふざけて書いたナンセンスな詩にみえる。しかし、「めくらのくせにめくらになるために生きている」という一行を見落としてはなるまい。視覚障害があるのに視覚障害者のように生きている、という意味にちがいない。視覚障害が生来のものかどうかはともかく、視覚障害があっても、視覚障害者のように生きる決意を示しているのである。また、「わかっていたってわからぬふりをして生きねばならぬ」という一行がある。理解していても理解していないふりをして生きる決意をしているのである。だから、ミミズが坂を登ろうが、下ろうが、それによって、視覚障害者のようにそんな光景は見えていない、地球がそのために不機嫌になろうとなるまいと、理解できても理解できないふりをしている。ミミズが坂を登ったり、下ったりする、それによって、地球が不機嫌になろうと、なるまいと、自分の関知するところではない、と作者は語っているわけである。宇宙的な視点からミミズや地球を見る、という生き方を自分は選択しているのだと宣言しているように私はこの詩を解釈する。つまりは世事の瑣末を無視して生きるのだという決意をナンセンスふうに洒落て表現したのが、この詩である。「パストラル」は牧歌とも翻訳されるが、この詩は牧歌であり、田園ののどかな心境を表現した、と作者は語っている。作者にとって日常の瑣末、社会の騒動などは作者の関知しない、遠い場所の出来事なのである。似たような心境を持つ詩人は存在するかもしれないが、このように宇宙的視点から語ることができる詩人は稀有である。

*

同じ詩集『不意の微風』に「五月」という短い詩が収められているので、紹介したい。

さだかには見きわめがたい飛翔の
燃えも濡れもしない無表情なかたちがあり
五月の緑に置き忘れられたような一枚の白い葉
あるいは一枚の白い紙があり
言う　置き忘れられたんじゃない
染まりたくないのだ五月の緑になど
燃えたくない
濡れたくもない
そしてさだかには見きわめがたい飛翔の
ただそこに冷たい無表情をおくことだけが問題であるようなかたちがある

飛翔するのは作者の生である。作者は五月の緑になど染まりたくもないし、濡れたくもない。確固とした個性をもつ作者の生はつねに飛翔しているのだが、飛翔し続けているとは見極めにくい。作者の生の表情は作者自身にも見えない。いつも無表情である。また、この生はつねに冷たく作者自身を見ている。五月の緑の中にあって、あくまで飛翔する作者は緑の中にとどまっていられない。それなら、どこに彼の生の位置を定めたらよいか、それが問題なのだ、という意味の作と解する。

自然とのかかわり方がじつに斬新であり、私の解釈が正しいとすれば、作者が彼の生を飛翔体と捉えていることに作者の気高い志をみる。私はこの短い詩がこの詩集の中でもっとも好きである。

*

一九六九年に刊行した渋沢孝輔の第三詩集『漆あるいは水晶狂い』は彼がその名声を確立した詩集である。巻末の「水晶狂い」を読んでおきたい。

ついに水晶狂いだ
死と愛とをともにつらぬいて
どんな透明な狂気が
来りつつある水晶を生きようとしているのか
痛いきらめき
ひとつの叫びがいま滑りおち無に入ってゆく
無はかれの怯懦が構えた檻
巌に花　しずかな狂い
ひとつの叫びがいま
だれにも発音されたことのない氷草の周辺を
誕生と出逢いの肉に変えている

物狂いも思う筋目の
あれば　巌に花　しずかな狂い
そしてついにゼロもなく
群りよせる水晶凝視だ　深みにひかる
この譬喩の渦状星雲は
かつてもいまもおそるべき明晰なスピードで
発熱　混沌　金輪の際を旋回し
否定しているそれが出逢い
それが誕生か
痛烈な断崖よ　とつぜんの傾きと取り除けられた空が
鏡の呪縛をうち捨てられた岬で破り引き揚げられた幻影の
太陽が暴力的に岩を犯しているあちらこちらで
ようやく　結晶の形を変える数多くの水晶たち
わたしにはそう見える　なぜなら　一人の夭折者と
わたしとの絆を奪いとることがだれにもできないように
いまここのこの暗い淵で慟哭している
未生の言葉の意味を否定することはだれにもできない
痛いきらめき　巌に花もあり　そして
来りつつある網目の世界の　臨界角の

死と愛とをともにつらぬいて
明晰でしずかな狂いだ　水晶狂いだ

この詩に言う「水晶」とは何か。水晶そのものと解してよい。何らかの寓意とすれば、生と解してもよい。私には、水晶とは言葉であり、言葉のある生であり、この言葉ないし生はきよらかで透明、純粋な結晶をなしているのだ、と思われる。このような、きよらかで透明、純粋な言葉を知り、得るためには、狂気に似た熱情が必要である。これが水晶狂いである。

言葉は生をつらぬき、死をつらぬき、愛をつらぬく。叫びは、叫んだからと言って、言葉になるわけではない。叫びにとどまってしまえば無であり、叫びを言葉に昇華させることなく、無に化すことは怯懦だからである。巌には花がないのが通常であるように、叫びが言葉にならないことも通常かもしれないが、「水晶狂い」が叫びを言葉に昇華させ、これによって、ヒトが誕生しヒトとヒトとの出逢いも始まる。

これ以上、各行を追って、この詩を解説する必要があるとは思わない。これほどに思想的、思弁的でありながら、この詩が示すイメージはじつに豊穣である。現代詩はここまで到達したのだ、という感慨を私はふかくする。

言葉の本質をこれほど明晰に追求し、豊かなイメージでその思想を展開した詩はこれまで存在しなかった。この詩だけでも渋沢孝輔の偉業であると私は考えている。

多田智満子

次に引用するのは「わたし」と題する詩である。

キャベツのようにたのしく
わたしは地面に植わっている。
着こんでいる言葉を
ていねいに剝がしてゆくと
わたしの不在が証明される。
にもかかわらず根があることも……

私たちは言葉をもつ。言葉がなければ一日も生きていくことはできない。だから、言葉を私たちから剝がしてしまえば、私たちの存在が揺らいでしまう。あるいは私たちの存在を証明することができなくなる。まさに言葉を私たちから奪うことは私たちの不在証明なのである。それでも、私たちは大地に根をはっていると作者は言う。言葉がなくても生物としての人間である「わたし」は存在すると言うのであろうか。あるいは、作者が身に着けている言葉は装飾であって、装飾を取り去っても、作者である「わたし」は健在であるということであろうか。どう解釈するかは読者に委ねられている。それだけの興趣がこの詩にはある。
また「露草」という優美な詩がある。

夏の朝田のあぜをあるいて

露のおびただしさにふるえた
夜は人の心に一滴の露もむすばなかったが
このひとすじの葉の豪奢なる
満身の宝玉　さんらんとして
ひねくれたキャリバンの涙よりもよく光る
さればもはや遠い髪のなかの微風に
猫じゃらしと赤まんまを捧げることもないのか
みんなに叱られた女の子のように
あぜにしゃがんで露草の花をむしり
天の青さに指を染めるばかりだ

この最後の行の美しさはえもいえぬという感がある。これが現実かどうか。私は作者の幻想のように思うのだが、あるいは、作者はこんなにも卓抜な観察眼の持主であり、かつ、無類の譬喩の使い手だったのかもしれない。

「微風」という詩も読んでおきたい。

舌をころぶびわのたねのように
なめらかに六月は通りすぎる
てのひらにのせた氷のかけらも

あしたに凝ったかなしみも
おのずから体温に溶けてゆくとき
ゆうべうすあかるい空をまとって
女はひとりいたずらにやさしく
髪のなかの微風をしばしいたわってみる

これはじつに典雅な詩であり、明日に凝った哀しみもおのずから体温の溶けるというような譬喩も清新で、鮮やかである。それでいて、ここには確かに一人の女性がいるという現実感がある。多田智満子は豊かな幻想力の持主でありながらつねに現実感をもつ詩人であった。

*

一九六五年刊行の第三詩集『薔薇宇宙』から「闇」と題する一篇を引用する。

まっくらな夜空に
薔薇が充満している
幾万もの薔薇がうごめいている
わたしにはそれがわかる
うなじに落ちるこの重い夜露が
ひしめきあう薔薇の汗だということが

いったい、多田智満子は知性的で教養高い詩人として知られているが、じつは感性にすぐれた詩人であったことをこの詩は示している。これも短いが、端正で、しかも、私にはかなりに官能的にみえる。「チューリップ」と題する詩が同じ『薔薇宇宙』に収められている。

首さしのべて
チューリップはここに立つ
黒土を盛った春の処刑台

球根の眠りを破った罪
蝶をもてあそび
風になびいた罪
そしてもっと重大な
人の心をよろこばせた罪

これら大罪のゆえに
花たちはみな罰せられる
徒刑囚のように　しぼむ罰
つながれたまま立ち枯れる罰

とりわけ　ここに立つのは
最も重い罪びと
花の中の花
いさぎよく首さしのべて
断頭台上のチューリップ

童話的な作である。ただ、この詩はじつは人間の身勝手な好みや感興による残酷さを告発しているとみるのが正しいのではないか。

＊

これまで多田智満子の初期作品ばかり読んできたので、彼女の五十歳代の作、詩集『祝火』中の「永遠の落日」を読むこととする。

落日を待つ
スーニオン岬の神殿で
化石した海神（ポセイドン）の背骨にもたれて
崩れかけたこの石の柱には

無数の旅人が名を刻んでいる
二千数百年の間
だれもがかたったひとつの落日を待ち
そしてあまりの待ち遠しさに石を傷つけたのだ
磨滅しかけたギリシア文字の名
ラテン文字の　またアラビア文字の名
とりわけ人が指さす詩人バイロンの名

ヘラスの夏は長く
一日の午後はさらに長く
日はいつまでも沈まない
エレアのゼノンがいったように
太陽Aは水平線Bに到達するまでに
中間点Cを通らなければならない
Cに達したら次はCとBの中間点Dを通らなければならない
ゆえに太陽は決して水平線に達することがない……

そう　ここでは決して日が沈むことがない
真紅の日輪（ヘーリオス）がエーゲ海に溶け入る一瞬

名高いその一瞬のために
この白い岬の果て
潮風に吹きさらされた世紀の果て
身ひとつに古代からのすべての旅人の影を曳いて
待ちつくすわたし自身
その未完の伝説のなかにある

これはいかにも多田智満子らしい教養、学識、感性にあふれた作品である。私は無学だから、彼女が日没を待った古代ギリシアの遺跡である岬がどういう場所であるかを知らないが、この詩からその風景、その歴史を教えられ、彼女の体験を追体験できるような錯覚に襲われる。詩としては、ゼノンの逆説を引き合いに出していることなど、心憎いほどに巧妙である。古代遺跡に佇んで日没を待つ彼女を目前に見るような感じを与える佳作である。ただし、このような教養主義的な詩に反感をもつ読者がいてもふしぎではない。

最後に二〇〇〇年に刊行された詩集『長い川のある国』から一篇「踏」を紹介して終わることとする。

死者の顔を踏んで過ぎてゆく生者
やがてその顔もあとから来た者に踏まれる
ぼろぼろに砕けて

砂となって

これは残酷なまでに冷静に私たちの生と死の本質を抉りだした彼女の生涯の掉尾を飾るにふさわしい傑作である。

飯島耕一

飯島耕一が一九五三年に刊行した詩集『他人の空』は戦後詩の記念碑ともみるべき詩集である。その表題を採られた作品「他人の空」は次のとおりである。

鳥たちが帰つて来た。
地の黒い割れ目をついばんだ。
見慣れない屋根の上を
上つたり下つたりした。
それは途方に暮れているように見えた。

空は石を食つたように頭をかかえている。
物思いにふけつている。
もう流れ出すこともなかつたので、
血は空に
他人のようにめぐつている。

これだけの短い作品だが、じつに見事に戦後の心象風景を描いている。「空は石を食つたように頭をかかえている」と言い、「物思いにふけつている」といって、空を擬人化している表現も、「石を食つたように」「頭をかかえ」という譬喩も意表を突くといってよい。ただ、石を食ったように、とは異物を口にしたときのような、やりきれなさを思いだせば、感じが掴めないわけではない。そうとすれば、空が物思いに耽っていることも、当然であるように思われる。
「他人の空」を理解するためには、同じ詩集に収められている「空」を読むのが、そのたすけになるであろう。

空が僕らの上にあつた年。
目がさめるととつぜん真夏がやつて来た年。
汗ばんだ雨傘をサーカスのように
ふりまわした年。
砂くちばしのように
空が垂れ下つたり拡がつたりしはじめた年。

この当時、「空」は「僕ら」の空であった。季節も確実にめぐってきた。空は自在に「僕ら」の上に低く垂れ下がってきたり、また、果てしなく青空が拡がったりしていた。いま、「空」は「僕ら」の空ではない。他人の空である。だから、空は不機嫌である。まるで石でも飲み込んだようだ。じつは不機嫌なのは「空」が僕らから奪われ、他人の空となったために、僕らの空を見る眼が不機嫌なのである。もう僕らが血を流すこともない。その代わり、僕らの血が流れるように、空が夕焼の血を流しているのである。
ここで「他人の空」の第一節にもどれば、帰ってきた「鳥たち」は僕ら、人間たちと読みかえてもよい。飢餓から「地の黒い割れ目」に餌になるものをあさっている。住み慣れた家々も、占領軍の支配下にある以上、他人のものだから、その屋根も見慣れたものではない。人々は途方に暮れているようだ。じつは敗戦後の人々を「鳥たち」に仮託して描いているとみるのは、恣意的にすぎるだろうか。かりに作者がそのように考えていなかったとしても、読者としてはそのように読むことが許されるはずである。

この詩の末尾に「〈すべての戦いのおわり　I〉」と記されている。敗戦時の光景を描いた、この詩が卓抜な作品であるのは、こうした暗喩によって、言葉の内面に存在するくろぐろとした心情が表現されているからなのである。

*

『他人の空』には、散文詩の佳作も少なくないが、引用が長くなるので、散文詩以外の作品の中から珠玉のような、短い詩をいくつか紹介したい。その一篇「大きすぎる荷物」は次のとおりである。

人間が地上に立っていることが
実に不可思議でならない日がある。
壁から額ぶちを下ろしたり、
衣服を着けたりぬいだりする
ささやかなしぐさ。
しばらくして彼は
電車の吊革に背伸びして

つかまつている。

そうして目的地で下りてしまう。
下りようと心掛けもしないのに。

家に帰ると
隣家で長い井戸を掘つている。
あの人足たちは　明日
何処の井戸を掘りに行くか？

空は希望に疲れている。
大きすぎる荷物に似た希望。
疑いすぎることは悪の同義語（シノニム）につながる土地。

第一節、第二節はサラリーマンの日常である。彼が帰宅すると、たまたま隣家で人足たちが井戸を掘っているかもしれない。彼の瑣末な日常にもかかわらず、この土地では、誰もが希望をもっている。希望とは大きすぎる荷物のようなものだから、彼の始末に負えない。到底、彼の希望は叶えられないだろう。しかし、サラリーマンの勤務する会社では、彼が希望をもって働くことを期待している。彼が希望を持たなくなれば、真面目に働くこともなくなるにちがいない。だから、希望が叶えられまいなどと疑問を持ってはならない。いかに希望が大きすぎる荷物に似ていても、この土地では、希望を疑うことは「悪」の同義語なのだ、とこの詩は説いている。資本主義社会にかぎらず、あらゆる社会において、これは真実である。ヒトは希望をもつ生物だが、希望はほとんどすべてのヒトにとって大きすぎる荷物に似ているから、始末に負えないのである。

*

「見る」という作品を読む。

自分の壁だけしか見えない人。
自分の壁さえも見えない日。
人は自分の住んでいる町のかたちをさえ知らない。
火山灰をこねあわせて作つたこの村に住む人も、
鳥が見るようなかたちでは
火山口をのぞきこんだことはないだろう。

現在では、人工衛星によって、火山口はもちろん、どんな場所の形も、私たちの家々も隣家の物干し台に干してある物にいたるまで、つぶさに見ることができる、と言われている。だから、この詩が時代遅れかと言えば、そう言うことはできない。私たちが、そういった器具を用いて間接的に見ることができても、肉眼で見ることができないことは、この詩の当時と変りはない。この詩は、私たちは、肉眼では細部は見えても、全体を把握できない。自分の壁の外は見えないし、自分の壁さえ、本当は見えていないのだ、と言うのである。この詩は私たちの能力に対する過信への警告の意味ももっている。

＊

「見る」に続いて「一回」という詩が収められている。

どこに坐つていいか　とまどうほど
たくさんの椅子がある。
立つたり坐つたりしている人たち。
自分の場所を探すことに
疲れた世界。
やりなおしばかりやらされている男。
不安の道連れなしに歩けないでいる男。

これは人間社会の縮図である。たくさんの椅子があるように、じつに多種多様な仕事があっても、どこにも席を見つけられない人もいるし、いつも仕事を変えなければならない人もいる。人生は不安に満ちている。それが私たちの社会の現実なのだとこの詩は語っている。これは悲しい詩である。

＊

最後に『他人の空』の中で、私がもっとも好きな詩を読むことにする。「理解」と題し、題に添えて「生きるとはわかち合うことだ」というエリュアールの言葉が記されている。この詩はこのエリュアールのエピグラフの解釈といってもよいかもしれない。

人たちはパンくずで作つた動物のように見合う。
わかち合うものは何もないといつた様子で。
ポケットにつめこんだものを
一つ一つ投げながら歩いて行く男がある。
それが石であろうと
文字の書いてある紙片であろうと、
受取るものが見当たらない。

これがなつかしい地上の同胞だろうか。
肉体の死んだのち
年経てなお親しげに思い出す
人生という部厚い本の一頁一頁だろうか。
お互に理解し合わないでいることを

憎んでいながら黙りこくつているとこが。
何一つ理解することなしにおのれの影を見えなくすることが。

これはまことにふかい人生の省察である。若い飯島耕一がこれほどまで人生をみていたことに私は驚嘆する。たぶん彼は当時二十二、三歳であったはずである。
飯島は戦争体験はほとんどもっていないはずである。しかし、戦後体験をもっていた。少年として戦後を体験し、これを『他人の空』に表現した。この点で、ほとんど同世代の谷川俊太郎、大岡信らとその出発において異なっていた。

清岡卓行

清岡卓行の第一詩集『氷つた焔』は一九五九年二月に刊行された。炎が氷っていることはありえない。氷ったものが焔を立てて燃えるはずもない。この題名が示唆しているように、この詩集の読者は矛盾した言葉の組み合わせから生まれるイメージや想念のふしぎな興趣と向き合うことを覚悟しなければならない。しかし、読者がその想像力を充分に働かせることができれば、作者が伝達したいと考えている、イメージや想念を感じとることができるはずである。私にそのような想像力があるかどうか、疑問だが、私に与えられている限りの想像力を働かせて、この詩集の作品にとりくんでみることとする。

この詩集の巻頭に「石膏」という詩が収められている。三つの★印で区切られた四節から成る詩だが、その第一節は次のとおりである。

氷りつくように白い裸像が
ぼくの夢に吊されていた

その形を刻んだ鑿の跡が
ぼくの夢の風に吹かれていた

悲しみにあふれたぼくの眼に
その顔は見おぼえがあつた

ああ
きみに肉体があることはふしぎだ

「石膏」という題名から見て、彼はその夢に石膏の女性像を見ている。たんに夢見ているといえばいいのだが、塑像は土台の上にしっかりと設置されているわけではなく、宙にゆらゆら吊り下がっていたのだろう。その塑像を刻んだ鑿の跡に風が吹きすぎるように彼は感じている。塑像の顔に見覚えがある。ここで、夢と現実との境界がさだかでなくなる。この詩の読みどころは、この最後の二行ないし一行にある。恋人が生きた肉体をもって存在することが真にありえることなのか。宙に吊るされているように、塑像が安定していないのは、塑像が夢とうつつの間にあるからであろう。「きみに肉体があることはふしぎだ」という感嘆が塑像の夢うつつの中から生れる。こうして夢と現実が交わることとなる。

第二節は次のとおりである。

色盲の紅いきみのくちびるに
ひびきははじめてためらい

白痴の澄んだきみのひとみに
かげははじめてただよい

涯しらぬ遠い時刻に
きみの生誕を告げる鐘が鳴る
石膏のこごえたきみのひかがみ
そこにざわめく死の群のあがき

おそらく塑像にいま生命が与えられようとしている。塑像には見る能力はないから色盲にちがいないし、塑像には脳がないから白痴とみられる。そこで塑像が息吹きはじめてためらい、瞳に翳がさしはじめ、いま、遠く塑像がヒトとして生誕する鐘の音が鳴る。塑像のひかがみをはじめ、あらゆる箇所がざわめき、生命の生誕が同時に塑像はその死にあがいている。夢の中の塑像が現実のヒトに変えられようとしている光景である。
第二の★印で区切られた第三節は以下のとおりである。

きみは恥じるだろうか
ひそかに立ちのぼるおごりの冷感を
ぼくは惜しむだろうか
きみの姿勢に時がうごきはじめるのを

迫ろうとする　台風の眼のなかの接吻
あるいは　結晶するぼくたちの　絶望の
鋭く　とうめいな視線のなかで

塑像はいまヒト、それも当然のことだが、女に、生れ変わろうとしている。そのことを塑像は冷ややかに、傲りたかぶりながらも、恥じるだろうか。恥じていることはあるまい。塑像がひとりの女に変わり、動作すること、つまりは時とともに変化することを惜しむだろうか。恰も台風の眼の静けさの中で接吻するときが迫っている。また、彼といまひとりの女となった塑像との間に結晶する、絶望的な愛情に注がれる、鋭く、透明な視線を投げかけられながら。接吻するときが迫っている。第三節はこんな意味を暗示しているようである。そこで第三の★印に続く第四節を読むこととなる。

石膏の皮膚をやぶる血の洪水
針の尖で鏡を突き刺す　さわやかなその腐臭
石膏の均整をおかす焔の循環
獣の舌で星を舐め取る　きよらかなその暗涙
ざわめく死の群の輪舞のなかで
きみと宇宙をぼくに一致せしめる

最初の　そして　涯しらぬ夜

石膏像がヒトに変えられるとき、洪水のように血がながれ、循環する焔が塑像の均整を失わせるであろう。塑像の死とともに生まれた女との夜が訪れる。こうして愛する女性との初夜を彼は体験する。それは初めての夜であり、永遠に連なる夜であった。

これは聖なる夜の記録と読むことができる。石膏像を夢みる必要はなかったかもしれない。しかし、夢に似た聖なる夜を記録するためには、作者としては、レアリズムを超えたこうした手法が必要だったにちがいない。

＊

この詩集『氷つた焔』の第Ⅱ章は詩集の題名となった作品「氷つた焔」に始まっている。この詩を読み解くのはやはり私の手に余ることのように思われるのだが、ともかく私の理解する限りの解釈を試みることとする。

この詩は第1章から第10章までの十章から成る作品だが、まず、第10章を読む。

どこから世界を覗こうと
見るとはかすかに愛することであり
病患とは美しい肉体のより肉体的な劇であり
絶望とは生活のしつぽであつてあたまではない

きみの絶望が希望と手をつないで戻ってくることを
きみの記憶と地球の円周を決定的にえらぶことを
夜の眠りのまえにきみはまだ知らない

これらの第10章の第一節の末行からみると、絶望は生活のしっぽであって頭でない、というのだから、私たち、あるいは、この詩に言う「きみ」は絶望を生活の末尾にあるものと考えなくてはならない。いわば「絶望」は生活の出発点ではないことを知らなければならない、という。そう解して読みかえすと、どこから見ても世界はかすかながら愛するに足るものであり、かりに「きみ」が病患にあるとしても、それは「きみ」の美しい肉体をいっそう輝かしく示す劇化症状なのだ、と言っているのだと解する。

だから、絶望は希望と手をつないで、「きみ」は生きていくことになるということを、眠りの前の「きみ」は知らないのだ、と結ばれるわけである。

そこで第9章に戻ると、

きみの白い皮膚に張りめぐらされたそこびかりする銃眼
すでに氷りついた肉の焔たちの触れあう響き
弾丸も煙幕もない武装の詭計
きみだけが証人である

みじめな勝利
きみはまだきみが信じたきみだけの絶望に支えられている
きみが病患のなかに装填したものはほんとうは
もうひとつの肉体の影像
世界への愛
希望だ

という第9章も理解できる。すなわち、第9章の第一節の最初の三行は「きみ」の病患の自覚的な症状を描いている。氷のように冷たい体に焔の群れが燃え上がり、いかなる武装をしているわけでもないのに、武器に狙われているように「きみ」は感じている。だが、第二節に言うとおり、「きみ」はこの絶望に支えられているのだが、真実は「きみ」の肉体の別の影像であり、世界への愛であり、希望なのだ。こう言って、すでに読んだ第10章に続くわけである。

さらに第8章に戻ると

起点も終点もない　あやしげな
地球の円周のうえを
それでも交錯する探照燈の脚光を
ときおり浴びながら

きみのハイ・ヒールだけが斜めに歩く
きみに背負わされたものは　きみの肉体
きみを隠匿する　その親しい他人
きみの企む復讐の実験の
　重すぎる予感

「きみ」の肉体は「きみ」にとって「きみ」とは「親しい他人」であっても、別人なのだということがこの詩の理解には必須な前提にちがいない。そう解して第9章、第10章も理解できるはずである。病患はこの親しい他人が背負うべきものであり「きみ」本人が背負うべきものではないのだが、その混乱が「きみ」をまどわせているのである。第7章には

　長く冷たい凝視の
　そして　いつも愛情で支払われたきみの
　幼く成熟した肉体の
　それらの　ちぐはぐな思い出

という句が挿まれている。ここで第1章に戻ることにする。

朝

きみの肉体の線のなかの透明な空間
世界への復讐にかんする
最も遠い
微風とのたたかい

「肉体の線のなかの透明な空間」とは「きみ」の心あるいは魂と解すべきかもしれないが、これまで読んできたところからみれば、あるいは、「きみ」の肉体とは親しい他人である真の「きみ」かもしれない。世界への逆襲という以上、世界から「きみ」はすでに襲われているから、逆襲をしようというのであろう。微風が「きみ」を襲い、「きみ」を痛めつけているのかもしれない。世界のすべてがおそらく「きみ」の敵なのである。

そこで第2章に移ると

きみはすでに落下地点で眼覚めている
きみはすでに絶望している

落下地点にいる、ということと絶望している、ということは同義にちがいない。また、第3章の末尾では

——きみはきみの絶望を信じていることを知らない

と言って「絶望」、「きみ」の「絶望」がこの詩の主題であることを明らかにしている。そこで第4章を読むと

きみの意識がきみに確かめられるのはそれからだ
すると逆流する洪水のなかで化粧するきみがいる

とあり、第5章に続く。

生活への扉　ときみが感じる時刻に
きみは見る
遮断された未来の壁に
そこに嵌め込まれたバック・ミラーに

でこぼこの飛行場のうえの
果物にとりかこまれた
昆虫の視線を怖れない
おお　ふしぎに美しいきみの骸骨

「きみ」の生活において未来は閉ざされている。だから、「きみ」は絶望を意識に洪水のように襲うものと感じて、化粧する。化粧するとは生活に立ち向かうことを意味するであろう。しかし、生活の涯には骸骨を、すなわち、死を見るだけなのである。

第6章では「きみの記憶の組合せは気まぐれだ」とあって、第8章にすすむ。すでに読んできたように、第10章で、絶望が希望と手をつないで戻ってくる未来を語り、この詩は終わる。

この詩もまったく具象的でない。観念的であり、抽象的であり、レアリズムから遠い。このような観念の追求によって清岡卓行は現代詩に新しい地平を開いたのであった。

*

これまできわめて観念的で前衛的な詩を二篇読んできたので、『氷つた焔』がこのような詩だけではないことを示すために、前衛的でないわけではないが、具象的な作品を紹介したい。「子守唄のための太鼓」と題する作品である。私がこの詩集の中でもっとも好きな詩である。

二十世紀なかごろの　とある日曜日の午前
愛されるということは　人生最大の驚愕である
かれは走る
かれは走る
そして皮膚の裏側のような海面のうえに　かれは

かれの死後に流れるであろう音楽をきく
人類の歴史が　二千年とは
あまりに　短かすぎる
あの影は　なんという哺乳動物の奇蹟か？
あの　最後に部屋を出る
そのあとで　地球が火事になる
なにげなく　空気の乳首を噛み切る
動きだした　木乃伊のような恐怖は？
かれはははねあがる
かれはははねあがる
そして匿された変電所のような雲のなかに　かれは
まどろむ幼児の指をまさぐる
ああ　この平和はどこからくるか？
かれは　眼をとじて
誰からどのように愛されているか
大声でどなつた

ヒトを愛することは驚愕でなくても、愛されることは、人生で最大かどうかは別として、驚愕と言ってよい。「皮膚の裏側のような海面」という譬喩は奇抜だが、読者に新鮮に印象づけられるだろう。誰もが死後に流してもらいたいと思っている音楽がある。彼が驚愕のあまり、走り出すと、その音楽が鳴りだす。人類の最後ではないか、人類の終焉なのではないか。驚愕のあまり、彼はそう感じている。地球が火事になっても、空気の乳首を噛み切れば火事は止むにちがいない。空気の乳首など知る人はいないだろうが、彼にとっては地球が火事になることはそれほどの大事件ではない。木乃伊が動きだしてもその恐怖は彼の驚愕を脅かすほどではない。「匿された変電所のような雲」も想像しにくい譬喩だが、たぶん幼児は心地よい布団にくるまってまだ眠っているのであろう。これも幸福な家庭の光景である。

「大声でどなつた」という歯切れのよい締めくくりがこの詩の読みどころである。こんな句で詩を終わらせた詩人は他に存在しない。

『氷つた焰』には、また、清岡卓行の自己嫌悪ないし告白めいた、愛すべき作品「泥酔」が収められている。

きみがある朝　眼をさますと
頭は下痢である
きみは　どうしても
なにか犯行がなければならなかつたと考える
しかしきみは　共犯者について
その手のひらを思い出すことができない
きみは　どうしても

なにか恋愛がなければならなかつたと考える
しかしきみは　恋人について
その足のうらを思い出すことができない

きみの苛立たしい悔恨には理由がない
きみの頭の中のしだいに拡がるエア・ポケットで
そのとき
昨日が死に
今日が生れる

すると　きみは気がついたように思い出す
きみの存在のなかへ
巨大な隕石のようにはげしく落下してくるもの
それがきみ自身の肉体であることを
世界の狂うかもしれない
政治の鼓動のなかに
おどおどと
生れてはじめていつせいに裸で降り立たされた
人類というもの

原水爆に怯える人類というものの
一人であることを

迷惑なきみの朝ではある
近頃は泥酔からの脱皮まで
政治が浸透している

清岡卓行は気難しい人であった。それだけに、このような泥酔ぶりを描いたことも、あるいは一種の自己顕示であるかもしれないのだが、読者にとって救いである。原水爆といった政治的問題のために泥酔から脱皮するというのは本当だろうかという疑問がないわけではないが、これは彼の本性のある面を率直に語った愉しい作品である。

*

その後の清岡卓行の詩境の変化を示すために一九七五年刊行の詩集『固い芽』から表題の作「固い芽」を紹介する。

長い冬が終るまえに　春が
夢の匂いのようにはじまっている
落葉樹の森の　まばらな透明。

その向うでは　海が　やがて落日。
寒さにあらがい　暖かさに羞じらい
金の枝枝に散らばるものは
愛の誓いをせがむような
とがった乳首。跳ねない小魚。

芽の固さのなかには　なにがある？
緑の氾濫と悔恨と　その涯の
不気味な沈黙の都市のほかに？

夕焼けが奏でる　どこか未知の空への
ひそかな郷愁の恍惚のなかで
誓いの言葉は　未来を語るだろうか？

形式の整った十四行詩だが、たんなる自然の推移への感慨だけでなく、未来への不安の予感を覚えさせる詩である。「芽の固さのなかに」「その涯の／不気味な沈黙の都市」が待ち受け、「夕焼けの空が奏でる」「未知の空」、未知を語るとは信じがたい「誓いの言葉」など、未来は確かではない。季節の推移を超えて、考えさせること多い、感銘ふかい作である。

吉岡実

吉岡実は、ずいぶん遅れて、一九五八年一月、詩集『僧侶』を書肆ユリイカから刊行して、彗星のように現れ、一躍、多くの詩人たち、詩に関心をもつ人々の注目を浴びることとなった。事実はこれ以前、詩集『静物』を刊行し、飯島耕一ら一部の識者の間で認められていたそうだが、その名が知られるようになったのは『僧侶』以後であると思われる。『僧侶』がH氏賞候補になったとき、吉岡が受けるかどうかが話題になったが、彼はこだわることなく、受賞した、と言われている。

『僧侶』はきわめて斬新、比類をみない詩集のように受けとられたが、多くの詩人や現代詩の読者には、作者が何を訴えようとしているのか、理解できなかった。『僧侶』の表題作「僧侶」は第1章から第9章まで、全体で九章から成る詩だが、その初めの、三章を読むことにする。

1

四人の僧侶
庭園をそぞろ歩き
ときに黒い布を巻きあげる
棒の形
憎しみもなしに
若い女を叩く
こうもりが叫ぶまで
一人は食事をつくる
一人は罪人を探しにゆく

一人は自瀆
一人は女に殺される

2

四人の僧侶
めいめいの務めにはげむ
聖人形をおろし
磔に牝牛を掲げ
一人が一人の頭髪を剃り
死んだ一人が祈禱し
他の一人が棺をつくるとき
深夜の人里から押しよせる分娩の洪水
四人がいつせいに立ちあがる
不具の四つのアンブレラ
美しい壁と天井張り
そこに穴があらわれ
雨がふりだす

3

四人の僧侶
夕べの食卓につく
手のながい一人がフォークを配る
いぼのある一人の手が酒を注ぐ
他の二人は手を見せず
今日の猫と
未来の女にさわりながら
同時に両方のボデーを具えた
毛深い像を二人の手が造り上げる
肉は骨を緊めるもの
肉は血に晒されるもの
二人は飽食のため肥り
二人は創造のためやせほそり

以下の引用は差し控えることとするが、「僧侶」がどういう作品であるかは、三章までで充分思いやることができそうにみえる。たとえば第3章に記述されていることは、それ自体は難解ではない。四人の僧侶の中の一人が食器を配り、一人が酒を注ぐ。残りの二人は眼前の猫と未来のいつの日か出会うであろう女の像を造ることに専念している。猫も女も毛深い。それは肉と骨を持ち、肉は骨を緊縛するために存在するものであり、傷つけられれば肉は血を流して体を血まみれにするだけのものである。人間の体にとって骨こそが本質であり、肉はいわば贅肉と解する。四人分の量の食事を二人で食べるから、この二人は飽食し、他の二人は痩せほそることとなる。これは当然の事理である。

このような事実が記述されていることが分ったところで、この第3章で作者がどのような思想をこの事実から読者が引き出すことを望んでいるのか、まるで分らない。第1章についても同じである。四人の僧侶は黒い布を棒のように捲き、この黒い布を捲いた棒で憎んでもいない女を無慈悲に打擲する。彼らが何故女を憎んでいるのかは分からない。まして彼女を何故打擲するかも分からない。食事を作る一人はまともだが、生きていくためには食事することは当然の要求だから、当然のことをしているにすぎない。罪人を探しにいく一人が何故罪人を探しにいくのか分からない。女に殺される僧侶にはそれなりの罪科があったのであろうが何故殺されるのか分からない。ただ、殺されたはずの僧侶も第2章では祈禱しているから、この僧侶は殺されても、なお生きてもいる、生死を超えた世界の住人のようである。自瀆は誰もがすることだから、僧侶が自瀆しても不思議はないが、何故ことさら自瀆したと書かれているのかは分からない。

このように四人の僧侶が何をしたかは書かれていても、何故、これらの行為をしたかを作者はまるで説明していない。作者は四人の僧侶が何故このような行為をしたかについては関心を持っていない。作者の関心はどういう行為をしたか、にあって、何故こういう行為をしたかにはない。第2章に「分娩の洪水」が「押しよせる」とあるが、おそらく彼ら四人の僧侶が妊娠させたにちがいない。

だが、ここに描かれている僧侶は、仏教徒のようだが、まるであらゆる戒律を無視し、破っている。通常の市民よりもはるかに非道、自堕落である。私たちは社会的な倫理、道徳にしたがって日常の生活を営んでいる。私たちは、もし社会的倫理、道徳によって規律されなかったら、本来、どれほど非道、自堕落、卑劣な存在であり得るか、保証はない。作者は四人の僧侶を非難していないし、批判もしていない。それは、私たちの本性が非道、自堕落、卑劣だからであり、僧侶であっても、こんな存在だということをイメージするままに展開してみせたのである。だからこれはじつは人間世界の地獄図なのである。むしろ人間世界の地獄図を僧侶に託してこの詩で描いたのである。作者が私たち人間の生態を見る眼は冷徹で森厳である。これはまた、作者の人間の「生」とは何か、を考えることなのだが、同時にまた、人間にとって「死」を考えることと密接に関連している。

＊

吉岡実が一九五五年に私家版で刊行した第一詩集『静物』は『僧侶』に比べ、よほど一般の読者にとって読みやすい詩集である。その冒頭に収められた作品「静物」をまず読むこととする。以下のとおりである。

夜はいつそう遠巻きにする
魚のなかに
仮りに置かれた
骨たちが
星のある海をぬけだし
皿のうえで
ひそかに解体する

燈りは
他の皿へ移る
そこに生の飢餓は享けつがれる
その皿のくぼみに
最初はかげを
次に卵を呼び入れる

この詩は特異な語法をのみこめば難解なところのまったくない詩である。夜の暗がりの中に一匹の魚が存在する。暗がりだから、魚は昼間よりぼんやりと遠い場所にあるかにみえる。魚は骨を持つ。だが、骨は魚がその肉を食べられてしまった後でも残っている。骨から見ると、魚は骨にとっては仮のありかにすぎない。星の降る夜、魚は捕えられた。魚はいま皿の上に置かれ、解体される。解体されたときは食べられるときである。食べられているあいだその魚にあてられていた照明は次の皿に移る。次の皿には調理された野菜の類か、牛、豚などの次の皿が準備されているだろう。次の皿によって食べている人の飢餓が満たされ、充足する。それまで皿のくぼみにあった卵の翳がここでそのすがたをあらわすのである。

読み解けば、これだけの事柄なのだが、食べられる魚の骨の立場で一貫して書かれていることにこの詩の独創性がある。骨こそが魚の本質であり、骨からみれば、魚肉は骨がまとっている余計物にすぎない。私たちが生きていくために犠牲になっている魚の骨格をなす骨の視点から書かれているから、皿に骨だけが残る、この詩は読者に哀愁を感じさせる。そして最後に卵があらわれて死んだ魚にかわる新しい生の誕生を示唆している。吉岡実の第一詩集の巻頭をかざるにふさわしい傑作である。

＊

『静物』からもう一篇、私が好きな詩を挙げておきたい。「挽歌」と題されている。

わたしが水死人である
ひとつの個の
くずれてゆく時間の袋であるということを
今だれが確証するだろう
永い沈みの時
永い旅の末
太陽もなく
夕焼の雲もとばず
まちかどの恋びとのささやきも聴かない

かたちのないわたしの口がつぶやく
むなしいわたしの声の泡
かたちのないわたしの眼がみる
星のようにおびただしいくらげのしずしずのぼってゆくのを

かすかに点じられた
微粒のくらげの眼
沈んでゆくわたしの荷を
いつせいに一瞥する
それにはおそろしく沈黙の年月があるように思われた

わたしの死の証人たち
それはくらげのむれなのか
やたらにわたしの恥部をなぜる
海の藻の類の触手なのか
わたしをうけ入れるために
ひとつの場所を設定する
もつと深く
もつとはるかな暗みへ置かれる
水平の岩であるのか

地上から届けられた荷
すつかり中味をぬきとられた袋の周辺では
おおくの世界

おおくの過去と未来
おおくの生の過剰と貧困
それらすべてを跨いでくる
ひとつの死の大きさ
そのしずかな全体

腐れかかつた半身をひきずつて
幾千種の魚が游泳する

これは自分の死の幻想である。一人の個人として生きてきた彼の生は、死によって、彼が体験してきた時間、歳月の崩壊の集積した容器、袋にすぎない。だが、そのことを誰も確証してくれるわけではない。長い旅の果てに辿りついた死にさいしてヒトはいつも孤独である。もう夕焼けの雲を見ることはないし、恋人の囁きを聴くこともない。海の底ふかく沈んでいく死者を無数のくらげがとりかこみ、一瞥したようにみえるのだが、一瞬のようにみえても、じつは永遠ほどに長い時間の間、彼の屍体を見ていたのかもしれない。彼にはもう時間も失われている。彼は彼を受け入れてくれる場所に落ちつくまで漂流し、やがて水平の岩の上に流れつく。彼は生きていた時を回想する。多くの過去があり、無限の未来があった。彼は過剰に生を貪ってきたが、しかも、その生は同時に貧困と評価すべきものであった。死がそれらのすべてを静かにつつみこんでいる。その静けさの中、彼の屍体を幾千種の魚が喰いちらしている。

これはヒトにとっていかに「死」が無残であるかを豊かなイメージによって描いた作品である。この詩にみられる、藻のように感性がまつわりつくように感じられるイメージの展開は、作者の独自のものだが、逆に、ここに読者としては、作者がいかに生をいとおしく、大切なものとみているかを知ることになるであろう。末尾から数えて二節目の「おおくの生の過剰と貧困」「死のおおきさ」「そのしずかな全体」といった表現から作者がその生をいとおしく見ていることがはっきり読みとれるはずである。

*

『僧侶』の中からもう一篇読んでおきたい。『僧侶』の末尾におかれている「死児」と題する詩であり、第Ⅰ章から第Ⅷ章まで、全8章の長篇詩だが、その第Ⅰ章だけを以下に引用する。この章だけでも誰も「死児」がどれほど特異な作品であるか、納得できるはずである。

大きなよだれかけの上に死児はいる
だれの敵でもなく
味方でもなく
死児は不老の家系をうけつぐ幽霊
もし人類が在つたとしたら人類ののろわれた記憶の荊冠
永遠の心と肉の悪臭
一度は母親の鏡と子宮に印された

美しい魂の汗の果物
だれにも奪われずに
父親と共に働き藁でつつまれる
地球の円の中の新しい歯
誠実な重みのなかの堅固な臀
しかし今日から
死児は父親の義眼のものでなく
母親の愛撫の虎でなく
死児は幼児の兄弟でなく
ぶどう菌の寺院に
この凍る世紀が鐘で召集した
新しい人格
純粋な恐怖の貢物
裁く者・裁かれる者・見る者
みごとな同一性のフィルムが回転する
死児は棺の炎の中でなく
埋葬の泥の星の下でなく
生けるわれわれを見る側にいる

死児は、吉岡実が夢想した、新しいキリスト像である。キリスト像というのが適切でないとすれば、救世主像である。ただ、キリストを意識していることは「荊冠」という言葉、「美しい魂の汗の果物」という言葉、「父親と共に働き藁でつつまれる」という言葉、「誠実な重み」という言葉、これらはかなりに作者がキリストの生誕を意識していることを示唆しているだろう。死児は「われわれを見る側にいる」のだが、我々の中にいるわけでもなく、我々の側にいるのだが、われわれの外からわれわれを見る側にいる。この新しい救世主は裁くものであると同時に裁かれるものであり、見るものであると同時にたぶん見られるものでもある。

死児と言うけれども、「不老の家系をうけつぐ」者だから、老いることがない以上、「死児」とはいえ、死んでいるわけではない。生死を超越した存在である。また、死児はキリストを意識して作られた人物像にみえるが、たんに動機としてキリストが存在したであろうというにとどまり、キリスト像とは何の関係もないし、一人でなければならないわけでもない。

死児にどんな救済を求めるかは第Ⅱ章以下を読まなければならない。いずれにしても第Ⅱ章以下も多様な読み方ができるであろう。第Ⅰ章を上記のように読んだのも、解釈の一例にすぎない。試みに第Ⅶ章を読んでみよう。

母親のねむつた後
死児が家を這い廻る
果ては
春の嵐の海を埋めつくす

死者のうわむきの顔の上で立ち上り
次から次へと
跳ね歩く死児
凌辱された姉を求めて
ただ一人の姉でなく多くの姉の
波の魂に呼ばれて
陰気な蓮華をかざして行く
腿の柱をきよめに
混血の海へ
姉が孕み
姉が産む夥しい死児の夜の祝祭
輝く王道をきりひらき
古代の未開地で
死児は見るだろう
未来の分娩図を
引き裂かれた母の稲妻
その夥しい血の闇から
次々に白髪の死児が生まれ出る

この第Ⅶ章における死児は明らかに不幸にも妊娠した女性たちの救世主である。末尾三行から、この行為が母親の怒りを招き、さらに老いた死児たちが生れるようだが、少なくとも第Ⅰ章で私が「死児」を救世主と位置づけたことが第Ⅶ章に関する限り、誤りではないことを示していると思われる。

この大作の主題の一つは死からの救済であると言えるかもしれない。しかし、ここで語られていることはもっと豊穣な世界であるようにみえる。そのすべてを解明することは私の手に余ることを告白したい。

大岡信

大岡信の第一詩集『記憶と現在』は一九五六年に刊行された。大岡信の作品はこの詩集の刊行の前から知られていたし、ことに書肆ユリイカ、伊達得夫が刊行した『戦後詩人全集』にもその作品が収められていた。それ故、『記憶と現在』は刊行が待たれていた大岡信が初めて彼の初期作品の全貌を示す詩集であった。さしあたり、女性詩人を別にし、戦後体験を持つ飯島耕一は、厳密にいえば、大岡信、谷川俊太郎らと同視できないことに目を瞑ることとすれば、『記憶と現在』の刊行した当時に、大岡信、谷川俊太郎、飯島耕一らが、戦争体験を持たない世代の詩人たちの旗手として、活発な活動を始めたと考える。そこで、この時期以後の作品を現代詩と呼ぶことが適切かもしれない。なお、大岡信の詩に関する評論活動はここでは触れないこととする。

そこで、『記憶と現在』を読むこととなるが、この詩集に接したときの新鮮な魅力に衝撃を受けたことを私は忘れられない。たとえば「地下水のように」という詩がある。

かさなりあった花花のひだを押しわけ
地の下から光が溢れ河が溢れる

道
おまえの足をあたため
空
おまえの中にひろがる

風に咲く腕をひろげよ
夢みよう　果実が花を持つ朝を

泥の中で若い手がのびをする
ぼくは土と握手する
むなしかった歳月ののち
ぼくは立つ
燃える森の輝きの下に

悲しみさえ骨に鋭い輝きを加え
苦痛は内からぼくの肉をかおらせる
無益なものは何もない

ぼくはからだをひらく
樹脂の流れる森に向って
おまえに向って

おまえの下から風が起り
おまえの声は岩に当ってこだまを散らす

ぼくの眼が猟犬となって追いまわす
地平の上に　風景の上に　ぼくらの間に

また、「生きる」という詩がある。

人は知っているだろうか
水には幾重にも層があるのを
水底の魚とおもてに漂う金魚藻とは
ちがった光を浴びている
それがかれらを多彩にする
それがかれらに影を与える

ぼくは舗道に真珠をひろう
ぼくは生きる　影像の林の中に
心のいとに張りめぐらされた音符の上に
ぼくは生きる　雪の上にしたたる滴の穴の中
銭苔のひらく朝の湿地に
ぼくは生きる　過去と未来の地図の上に

きのうのぼくの眼の色をぼくは忘れた
しかしきのうのぼくの眼が何を見たかを
ぼくの指は知っている
眼の見たものは手によって
樵の肌をなでるようになでられたから
おお　ぼくは生きる　風に吹かれる肉感の上に

詩を読んでいると、この詩人の言葉には質感があるとか、精気があるとか、生命力があるとか、感じることがある。これは詩の良し悪しとか、ある詩が感銘、感動を与えるとか、いうことは別のことであって、作者の天稟によるらしい。大岡信の詩にはじめて接したとき、私が感じたのは、この詩人には確実にそういった天稟があるということであった。「地下水のように」において、「燃える森の輝き」とか、「生きる」において「心のいとに張りめぐらされた音符の上に」といった言葉がそれらの例であり「地下水のように」において「空」という一字の一行を「おまえの中にひろがる」という一行で受けるのは詩人としての天稟というより技量である。「生きる」において「眼の見たものは手によって」の一行が「樵の肌をなでるようになでられたから」と続くのも天稟というより作者の技量である。そういう意味で『記憶と現在』に収められた詩に私は作者の天稟と技量をみたのであった。

ただ、それよりも私にとって衝撃的だったことは、これらの詩におけるいわば向日性とも言うべきものであった。

悲しみさえ骨に鋭い輝きを加え
苦痛は内からぼくの肉をかおらせる
無益なものは何もない

という「地下水のように」にみられる、悲しみを輝きに変え、苦痛によっておのれの肉体をかおらせる、という発想であった。私にとっては悲しみは悲しみであり、苦痛はいつまでも苦痛である。悲しみや苦しみが生きるための輝きとなるといった表現に私は違和感を覚え、ここには新人類がいるように思った。つまり、『記憶と現在』に私は新しい詩の誕生をみたのだが、納得できないものを同時に感じたのであった。

大岡信が一九六二年に刊行した第二詩集『わが詩と真実』にも感心した。表題を採られた作品「わが詩と真実」は次のとおりである。

1

ひとつの唇が他の唇と出会うとき
ひとつのかたくなな世界が壊れ
新しい唾液が世界ののどに溢れる　というのは嘘だ

凍った涙をピンで叩き

別々の洞窟に住むけものの耳を
慰めの歌でなびかせうる　というのは嘘だ

闇をいっそう重くして滴ってくる
欲望の潜在的な森の露で
倫理の岩盤の腰を穿ちうる　というのは嘘だ

壁に吸われて行方不明になった私が
真実と嘘の境い目に走り輝く平野を吐き出し
苔むしたあらゆる壁をつるさげて嘲笑う　というのは嘘だ

圧倒的に煤煙のつまった薄ぎたない夜の角が
心のいちばん柔らかい部分を掘るとき
愛という言葉に近づこうとするのは　嘘だ

2

ひとつの唇が他の唇と出会うとき
ひとつのかたくなな世界が壊れ
新しい唾液が世界ののどに溢れるのは　私の真実

凍った涙をピンで叩き
別々の洞窟に住むけものの耳を
慰めの歌でなびかせうるのは　私の慰め

闇をいっそう重くして滴ってくる
欲望の潜在的な森の露で
倫理の岩盤の腰を穿とうとするのは　私の決意だ

壁に吸われて行方不明になった私が
真実と嘘の境い目に光り輝く平野を吐き出し
苔むしたあらゆる壁をつるさげて嘲笑うとき　私は詩だ

圧倒的に煤煙のつまった薄ぎたない夜の角が
心のいちばん柔らかい部分を掘るとき
愛という言葉に近づこうとするのは　私の賭けだ

第1章で「嘘だ」と否定的に断言した事々を、第2章でそのまま繰り返して、「私の真実」「私の慰め」「私の決意」「私の詩」「私の賭け」と肯定的に断言する、この詩の構成の巧みさは舌を巻くばかりである。この当時すでに大岡信は詩人たちの中でも屈指のすぐれた詩人として評価が高かった。この詩集を手にしたとき、私は、すばらしい才能だ、と感じ入ったが、一向に感興を覚えなかった。その反面で、このような詩によって戦争中、戦後の惨禍とは無関係な現代詩が着実に歩み始めていることも実感していたのであった。

＊

私としては、大岡信が客観的な意味でわが国の現代詩を代表する、たぶん谷川俊太郎と並ぶ、詩人となったのは一九七八年に刊行された詩集『春　少女に』以後と思われる。この詩集は現代詩の金字塔ともいうべき卓抜な多くの詩を収めた詩集である。この詩集の中からまず「きみはぼくのとなりだつた」を読むこととする。

声はいつも地球の外へ放たれた

でもぼくはきみのとなりにゐた
きみはぼくのとなりだつた

きみのかたちは静けさにみちてゐたので

きみが実在することがこんなにも信じられた
夜ひと夜　はげしい嵐がすさんだが
瞑想のための時はあつた

睡蓮と炎のための時はあつた
満月と壺のための時はあつた

不愉快にもぼくらの生を要約すべく
息を切らして走つてくる使者もあつたが

ゆつくり時は過ぎてゐた
厚紙のなかへ沁みこんでゆく冷ややかな水のやうに

時は溢れる刻限へ向けて
今はまだ少しづつ　沁みてゐた　ぼくの内部へ

声はいつもしじまへ向けて高まつてゆき
地球の外へ落ちていつた

ぼくはひとり　きみのいのちを生きてゐた

続いて「光のくだもの」を読む。

きみの胸の半球が　とほい　とほい
海のうへでぼくの手に載つてゐる

おもい　おもい　光でできたくだものよ
臓腑の壁を茨のとげのきみが刺し　きみが這ふ

遠さがきみを　ぼくのなかに溢れさせる
不在がきみを　ぼくの臓腑に住みつかせる
夜半(よは)に八万四千の星となつて　夢をつんざき
きみがぼくを通過したとき

ひび割れたガラス越しにぼくは見てゐた　星の八万四千が
きみをつらぬき　微塵に空へ飛び散らすのを

これらの詩に「愛」というような言葉は用いられていない。たぶん、この詩集のどの詩にも「愛」という言葉は用いられていないはずである。しかし、この詩集のオビには「これは愛の詩集である」という。オビに言うとおりこれは愛の詩集なのだが、むしろ愛とはどういうものか、をうたった詩集なのである。およそ安易に「愛」などと言ってはならないと、ここの詩集は私たちに教えてくれているようにみえる。この詩集に歌われた愛の生態はつねに具象的であり、かつ思弁的であり、しなやかで、しかも強靭である。難解な譬喩、たとえば、「わが詩と真実」にみられたような無理な、いたずらに、読者を当惑させるような言葉はない。これらの詩に私は現代詩の到達点の一つをみている。

谷川俊太郎

現代詩は、いわば、谷川俊太郎と大岡信という二人の詩人の著作によって代表される、と言ってよい。二人ともひろく知られているけれども、詩に限って言えば、知名度において大岡信は谷川俊太郎にはるかに及ばないだろう。それは谷川俊太郎の詩はじつに多様であり、詩に関心をもつ、あらゆる人々の期待や需要に応えるような、考えられるすべての形式・内容の詩を書いてきたからである。しかも、その作品はどれを読んでも読者を失望させることがない、高度の質を持っている。谷川俊太郎の詩才はじつに多面的な光彩を放っている。

彼のどの詩集を採りあげてもよいのだが、私はまず一九九三年に刊行された詩集『世間知ラズ』を読むことにしたい。表題作「世間知ラズ」は次のとおりである。

自分のつまさきがいやに遠くに見える
五本の指が五人の見ず知らずの他人のように
よそよそしく寄り添っている

ベッドの横には電話があってそれは世間とつながっているが
話したい相手はいない
我が人生は物心ついてからなんだかいつも用事ばかり
世間話のしかたを父親も母親も教えてくれなかった

行分けだけを頼りに書きつづけて四十年

おまえはいったい誰なんだと問われたら詩人と答えるのがいちばん安心
というのも妙なものだ
女を捨てたとき私は詩人だったのか
好きな焼き芋を食ってる私は詩人なのか
頭が薄くなった私も詩人だろうか
そんな中年男は詩人でなくともゴマンといる

私はただかっこいい言葉の蝶々を追っかけただけの
世間知らずの子ども
その三つ児の魂は
人を傷つけたことにも気づかぬほど無邪気なまま
百へとむかう

詩は
滑稽だ

この詩は苦渋に満ちた自嘲の思いを告白した作と読むことができる。このような詩を書いている作者は書いている自分を見ている。自嘲する自分を嘲笑している作者がいるから、こういう詩ができる。それがこの詩を読んで身につまされる所以である。しかし、ある会社員が女を捨てたとすれば、捨てたときも会社員であることに変わりはないし、好きな焼き芋を食べているときも会社員であることに変わりはない。彼は「かっこいい言葉の蝶々を追っかけただけだ」という。その点で、彼は多くの会社員が、不本意であっても、自分をふくめ、家族を養うために会社に勤め、給料を貰っているのとは違うのである。誰も世間話のしかたを父親や母親から教えてもらうわけではないのだから、世間話のしかたを両親から教えてもらうのが当たり前と考えていること自体が「世間知らず」なのだが、そういうことも承知のうえで、彼が普通の人とは違った育ち方をしたことを告げたいのであろう。

詩は滑稽か。かっこいい言葉の蝶々を追いかけて新しい感情を表現することは、滑稽ではない。書くことによって報酬をもらうことも滑稽ではない。それだけ「世間」に詩人は貢献しているのだから。詩が滑稽か、というのは作者の自嘲であると同時に反語であって、作者は「世間」に開き直っているわけである。この詩は、読めば読むほど、読者に考えさせるものをもっている。それだけ深い内容をもつ、興趣に富んだ、すぐれた詩であると私は考える。

この程度の詩は、この詩集にもいくらも収められているし、他の詩集から拾いだすこともできる。そこで、この詩集の巻末の詩「立ちすくむ」を読む。

何をするのも面倒くさいが何かをせずには一日は始まらない
フィルターの中に挽いたコーヒーを入れてそのままじっとしている
何かを思っているのかどうかさえ定かではない
だが気分だけはある

どんな所かは知らないがひとりで月面にでも立っているような気分
それも宇宙船で行ったのではなく
いつもの塗りの剝げたボロ自転車で行ったような

遠くの地球はたぶん美しいのだろうが
ぼくは遠くへは行けずにここにへばりついている
遠くのものはすべて幻
だがその幻が現実のような顔をして目の前にのさばってくる
手にしたマグだけを信じたいが気分がそれを許さない

立ちすくむ
たぶんそれが今ぼくのいちばん正確な姿
印刷され走査され解説された無数の幻が散らばる
朝の台所の荒野で

朝、食事の前にコーヒーを淹れたマグカップを持ち、さまざまな幻に心を奪われて空しく立ちつくす時がある。朝食の前に限らない。私たちは、何かしら私たちの生活の本来の目的とは違うものに、心を奪われることがある。私たちの心を奪い、本来の仕事から私たちを遠ざけるものに、私たちの日常から私たちをはみ出させるものに、私たちが襲われる。そのために心を奪われて、ただ立ちつくしていることがある。私たちの心を奪うものを作者はここで幻と呼んでいる。これは日常の瑣末である。私たちの日常の瑣末に谷川俊太郎は詩を発見し、詩として表現した。この些事を表現している名人芸に私は感嘆する。戦争も戦後もいまは遠い。国家権力も社会のしがらみも無縁な、平和な朝の風景がここにある。

*

一九六四年に谷川俊太郎は『朝日新聞』に「落首九十九」を連載した。これが掲載される都度、私は谷川俊太郎の社会的事象に対する批評眼と表現に過不足のないことに感心した記憶がある。初めに「雪山讃歌」という作がある。

きみは一人で死ぬことができた
きみの愛した白い雪の上で
何とぜいたくな死に方だ
自分の死に自分で責任を負えるなんて
収容所の壁の中で
放射能の雲の下で死ぬ人々には
そんな特権はないだろう
まっすぐ天国へ行ってくれ
雪のように白い羽根をもらって

せめて天使になってくれ
平和を守る天使に

雪山で遭難した人は、彼が好きだからあえて雪山に挑んだのだから、雪山で遭難することは本望だったにちがいない。少なくとも覚悟していたはずだ。それ故、雪山で死ぬことは彼にとって幸福なのだ、という考えで、この詩は書かれている。愛した白い雪の上で死ぬのは贅沢だと作者はいう。雪山における遭難者に対する批判がこの詩にはこめられている。このような考えは社会の一部に当然ありうることである。確かに捕虜収容所で餓死も同然に死んだ人々や放射能を浴びて死んだ人々の無念さ、憐れさと比べれば、雪山で遭難することは同情に値しないかもしれない。捕虜収容所で他界した人々や放射能を浴びて他界した人々にとって彼らの死は不本意も不本意、不本意の極限であったにちがいない。だから、彼らはその死に責任を負うことはできない。だからといって、悪性腫瘍による死者も程度の違いはあっても、不本意であったろう。彼らにもその死について責任を負わせることはできない。

雪山で遭難した人も、危険は考慮していたにしても、無事に下山できるつもりだったにちがいない。予想していなかった状況に陥って、遭難したのである。雪山を愛していたからと言って、彼らに遭難の責任を問うべきだろうか。この詩に書かれたような考えにも条理があることを認めたうえで、私は、死者に対する悼み、死の尊厳さを考え、詩人はずいぶん酷いという感も捨てきれない。「事件」と題する作がある。

事件だ！
記者は報道する
評論家は分析する
一言居士は批判する
無関係な人は興奮する
すべての人が話題にする
だが死者だけは黙っている――
やがて一言居士は忘れる
評論家も記者も忘れる
すべての人が忘れる
事件を忘れる
死を忘れる
忘れることは事件にならない

まったくそのとおりなのだが、忘れてはならないことも存在する。また、詩人は忘れないのか、という疑問もある。詩人の使命が重大である以上「事件」を忘れていいはずがない。「必要なもの」という作がある。

フランス人形が安くなれば

ぶらんこが値下げになれば
それで子供が育つとお考えですか
子供を強く大きく育てるために
ほんとうに必要なものは
野菜です　肉です　牛乳です　バターです
こんなあたりまえなことは
あたりまえすぎて詩にもならないけれど
ぼくは言わずにいられない
詩人はいつも子供の味方だから
子供が正しく育たないなら
詩もまたいつかは滅んでしまうだろうから

ここで詩人の言うことはどうだろうか。野菜を買わず、肉を買わず、フランス人形やぶらんこを買う親がいるだろうか。子供が正しく育つかどうかが、詩が滅びるかどうかと関係があるだろうか。谷川俊太郎のような俊才でもこのように筆が滑ることがあるのは私たちのような凡庸な人間にとって慰めである。

*

一九七一年に刊行された詩集『うつむく青年』に私の好きな、これこそ抒情詩と考えている作品

「夕べ」がある。この詩には作者の才気が抒情の底ふかく沈んで、きらきら輝いていない。それだけ、私の心に沁みるのである。ただ、このような水準の詩は谷川俊太郎の詩集に数多く存在するはずである。

暮れなずむひととき
柿の木の青葉が色を失ってゆくひととき
宇宙の運行をまのあたり見るそのとき
懺悔するひと
交尾する虫
析出する結晶

暮れなずむひととき
暮れのこるカンチェンジュンガの雪の頂き
大洋を西へと渡る翳
あのひとはどうしているだろう
響いてゆくひとつの音
ありとある書物の頁

暮れなずむひととき

むずかりやまぬ幼児たち
佇む馬
曼陀羅

宇宙の運行から虫の交尾まで、懺悔する人、曼陀羅からむずかりやまぬ幼児まで、その中でひそかなあの人への想い、暮れなずむ時間をこのような広い視野から捉えていることはじつに非凡である。

＊

谷川俊太郎は多能・多芸の詩人である。「ことばあそび」の詩も書いているが、平仮名だけで書いた詩集に『みみをすます』がある。一九八二年に刊行されている。これには表題作「この詩はみみをすます」の他、五篇の詩が収められているが、私はやはり「みみをすます」に注目する。ただ、たぶん百五十行はゆうに超す長篇詩なので、全文を紹介することは到底できない。かいつまんで、この詩を読むことにする。

まず短い第一節は次のとおりである。

みみをすます
きのうの
あまだれに
みみをすます

いかに耳を澄ましても、私たちは、昨日の雨だれの音を聞くことはできない。読者は不可能なことを強いられる。次々に詩人は不可能な行為を読者の耳に強制する。

みみをすます
しんでゆくきょうりゅうの
うめきに
みみをすます
かみなりにうたれ
もえあがるきの
さけびに
なりやまぬ
しおざいに
おともなく
ふりつもる
プランクトンに
みみをすます
なにがだれを
よんでいるのか

じぶんの
うぶごえに
みみをすます

恐竜の呻きを聞くことができるはずもないし、燃える木の叫び、プランクトンの音、まして自分の産声を聞くことができるはずもない。「みみをすます」は全篇、こうした、いかに耳を澄ましても聞くことができるはずもない音、声などに耳を澄ますのだ、という。作者は読者が空想の世界、想像の世界に遊ぶように誘っているのである。読者が空想、想像の世界に遊ぶ愉しさを知るように、この詩を読者に提示しているのである。たとえば、山林火災で樹木が燃え上がるとき、燃える樹木が泣き叫んでいると思いやることは私たちにとって決して理解できないことではない。この感情を拡張し、深化し、豊かにする契機をこの詩は私たちに提供しているのである。

こうした試みによって、谷川俊太郎は現代詩に新しい世界をもたらしたのである。彼でなくてはできないことであった。

白石かずこ

白石かずこが一九五一年に刊行した第一詩集『卵のふる街』に「星」と題する詩が収められている。

『はずかしいの』ときいた
ことことと箱のなかで音がした
いきといきとがかよって
春のおぼろ月夜のような冬の月
氷がぺったりとあたしを抱きしめてくれる
霧が酔っぱらってくちづけしにきた
じっとしていると
またききにきた
『はずかしいの』

あたしの目はおもたく
星の方にひらいていった

作者が二十歳前後の作品であろう。驚くべき才気である。「あたしの目はおもたく」眠気を催している。「あたし」は眠いのだ。彼女に「はずかしいの」と問いかけてくるものがいる。「あたし」は冬の月に抱きしめられ、霧につつまれている。「はずかしいの」と問いかけられても、その問いは彼女が「彼」と会うことを彼女がためらっているのは恥ずかしいからなのか、それとも別の理由があるのか、分からない。いずれにしても、いくら問いかけられても誘いにのりたいとは思わない。「目がおもたい」からでもあるが、それよりも、何よりも、「星」に彼女の目が向いているからなのだ。何を「はずかしい」と思っているのか、問いかけているのは誰なのか、何をためらっているのか、説明はしない。しかし、この詩には少女のためらいが読者に何となく分かるような情緒がある。

＊

白石かずこは一九六〇年に第二詩集『虎の遊戯』を刊行した。この詩集に収録されている「終日虎が」を読む。

終日
虎が出入りしていたので
この部屋は
荒れつづけ
こわれた手足　や椅子が
空にむかって
泣いていた
終日
虎　が出入りしなくなっても
こわれた手足　や椅子は

もとの位置を失って
ミルクや風のように
吠える
空をきしませて　吠えつづける

童話を聞く感がある。虎が何か、分からないが、誰もが、虎を飼っているかもしれないし、虎がいつ、どんな乱暴するか、分からない。乱暴されたものたちが、泣きわめき、「空をきしませて　吠えつづける」のも、在りうべき現実である。童話的風景はどこにも存在する。現実には日常私たちは「虎」を飼育していないだけのことである。

この詩集にはまた、「むしばまれた窓の唄」と題する詩が収められている。

私の肺の
むしばまれた窓が　すこしあいて
今朝　は小鳥がはいってくる

新聞などをよみましたか
黒いシャツをすてましたか
血まみれた教科書をおだしなさい
私の肺の

むしばまれた窓　のそばに
いつかアラブ人がすわって煙草を吸ってる

新聞などをよんで何になりますか
ピストルならありますよ
彼女を　かえしてください

私の肺の
むしばまれた窓は　夕暮れて
しまろうとする　その時

なにも影のない　くらやみ
そのものがはいってくる

あぐらをかいて　孤独を吸う
かたちもないのに　愛をうばう
ながい時間　ノートした
肺の唄を　すこしずつ
笑いながら裂いていく

私には、この詩に言う「肺」は作者の「心」だと思われる。私たちの心はいつも蝕まれている。だから心には、いわば窓のような出入口があって、その出入口からいろいろな意見、感想、示唆などが入りこみ、私たちにある種の行動を促したりもする。時に心は暗黒の闇となり、私たちを孤独に追いこみ。愛を奪い、私たちの心が書きとめた唄を引き裂いてしまうこととともなる。この詩はそんな心の風景を譬喩で表現した作であり、この詩の傑出した巧みな譬喩にこの詩の興趣がある、と私は考える。

＊

白石かずこの第三詩集は『もうそれ以上おそくやってきてはいけない』という長い題名をもつ詩集であり、一九六三年に刊行された。この詩集からまず「禽獣」と題された詩を読む。

胴体は　すでに禽獣にくわれてしまった
のに　まだ
首だけはのこっていて
草むらの中
頭と頭はささやかにささやきあうのだ
愛しあい　にくしみあい　いたわり
きずつけあう部分がまだのこっていれば
そこを傷つけあい

などして

人間とはどういう生物か、という質問に対する、これが白石かずこの回答である。私はこれまでの詩集の作品に彼女の才能を認めてきたが、彼女が真に詩人としての仕事を始めたのはこの時期からだと考えている。この「禽獣」の次に配されている「憑かれる」もすぐれた詩である。

憑かれてしまった男がいる
ほとんど　犬のように犬らしく
犬語で　犬になることに
男は　犬になった自分を連れて
うちに戻ろうとするのだが
犬は　もう一歩も動かない
しかたなく
男は　犬の首だけひきちぎって抱えて戻る
自分自身に
往来では　犬の胴体が
首のなくなった今も一歩も戻らずに
血を流しながら　なにか
シッポで空を　掻いている

白石かずこは怖ろしい幻想を描いてみせた。彼女はきわめて理知的な女性である。ヒトはヒトであることが嫌になったらどうなるか。犬にでもなるとしたら、どういう運命が待ち受けているか。この形象化は見事である。

この詩集からもう一篇「空をかぶる男」を紹介する。

あの男は　空をかぶっている
空は　重い帽子なので
男の顔はみえない
首から下が地面にしたたり
石畳をふんで
こちらへ歩いてくるのだ

こちらは今だ
こちらのむこうは明日？
明日はなにか　犬のような？
シッポをふってくるのではないが
明日は必ずやってくる今日であり
昨日になるシッポなのだ

男はやりすごす
数本の下品なシッポらを
今日のロッ骨にからませながら
そして　男はつぶやく
なにか　何が何かを
何が　何故かを
そして　胃袋に突然おちる
男の帽子をみる
それは空ではないか
みあげると空がない
あの重い帽子の空が
男の頭からとれる景色を
男はカニのようにかもうとする
だが　男はあの重い空の帽子に
顔を忘れてきた
わけても顔の中にすわっていた
丈夫にむかいあった歯らを

男はやがて
胃袋の外に流れている
帽子に逢う
空は　い然として重い帽子なので
男の顔はみえない
首から下が地面にしたたり
石畳をふんで
こちらへ歩いてくる

だが
いくら歩いても近づくと
信じられない遠さから　今日へ
あの空をかぶった男は　ほとんど
不眠症のように　首から下をさまして
今も歩きつづけてくるのだ

この詩に言う「空をかぶる男」とは空そのものにちがいない。私たちにとって、重たい空が憂鬱でたまらないことがある。それでも私たちはいつも空の下で生活している。私たちは空という帽子をかぶって日々を暮しているのである。この空をかぶった男の歩みにしたがって、私たちは昨日から今日へ、今日から明日へ、時間を過ごすわけである。この奇抜なイメージの創造と展開が白石かずこの詩のじつに独自の個性によると私は考える。

＊

私は白石かずこの第一詩集から第三詩集まで、私が注目すべき作品と考える詩を採りあげて読んできた。どのように詩人として彼女が登場したかを説明してきたつもりである。それ故、その後の成熟期の作品を一、二篇紹介して終えたいと思うのだが、白石かずこと言えば、必ず話題にされる「男根」という詩に少しふれて私の考えを記しておきたい。この詩は一九六五年に刊行された彼女の第四詩集『今晩は荒模様』に収められている。私は評価に値しないと思うので、全文の引用はしない。数行の引用で充分であると考える。

男根は　日々にぐんぐん育ち
いまは　コスモスの真中に　生えて
故障したバスのように動こうとしないのだから

また、別の数行、

男根が

動きだし　コスモスのわきあたりにあると
眺めがよいのだ　そんな時は

これ以上の引用は差し控えるが、この男根というような言葉がふだん現代詩においても、日常の会話においても、使用されないことは事実だが、この詩において、この語は卑猥でもなく、淫蕩でもない。セクシュアルな情欲を刺激することもない。この語は腕とか脚と同じような男性の体の一部の名称として使われているにすぎない。言うまでもなくこのような言葉を会話や詩の中で使うことは私の好みではないが、さりとて、このような言葉を使った詩をスキャンダルめいた材料にすることに私は反対する。白石かずこは面白がって使っているのにすぎないのに、世人が過剰に反応したのである。

＊

白石かずこが二〇〇〇年に刊行した詩集『ロバの貴重な涙より』から「蟻の心臓」を読む。彼女の成熟期の作を例示するためである。

もし　蟻に心臓があればのことだが
巨きい男ほど　心臓はちいさくて蟻くらい
蟻ほどの悩みが巨大になるからだ

わたしは今日もロバの貴重な涙を探しにいく

どこにもないのは　よく知っている
それでいて　どこにでもあるのだ
それがわたしには　みえない　探せないのだ
なぜ　執心しているのか　わたしにも
ロバにも　わからない　ましてわたしと
ロバの関係は
ドン・キホーテのことはよく知っている
ロバにのって　とんでもない風車にむかって
人生を吹き飛ばされ　破片になってしまった友人たちを　彼らは
蟻の心臓などしていなかった　覚悟というもので生きていた　生きてるときも
　　死んでからさえ

白石かずこはドン・キホーテを愛し、ドン・キホーテと同じような覚悟をもつ友人たちを愛し、彼らの偉大な心臓を敬慕している。蟻の心臓を言い、巨きい男の心臓の大きさからこの詩を始めたのは彼女のレトリックである。まことに巧みな導入部であり、詩の語ることは私たちの心に迫る偉大な、彼女が「心臓」という、魂、志をもつ人々への共感である。白石かずこは確実に成熟してきたといってよい。

安藤元雄

安藤元雄の第一詩集『秋の鎮魂』は一九五七年に刊行された。福永武彦さんがその序文をお寄せになっているが、その序文中に、「詩人というのはいつでも埃の中にいて、遠くの方の風景を見ている」と言い、「安藤君は高原にいても、彼の好きな海の匂を感じ、潮風を聞き、海鳥の飛び交うのを見ているだろう」と書いている。福永さんは、この文章をこの詩集の冒頭から二番目に収められた散文詩「初秋」を念頭においてお書きになったにちがいない。「初秋」を次に引用する。

草に埋もれた爪先上りの道が、その白壁に尽きている。もしも空の美しい日、ひび割れた漆喰に影を落して佇むなら、おまえはどうしても気づかずにはいないだろう。午後の日ざしがあらゆるものを睡らすとき、その壁からかすかに磯波の音がとどろき、海鳥の声が落ち、遠く潮(うしお)が風のように匂うのを――

いぶかしげに見まわすおまえの目に、しかしむろん海もその波も映りはしないだろう。ここは落葉松(からまつ)の林にかこまれた山あいのひっそりした村はずれ、おまえの吸う空気にも樹の肌の匂いがするばかりで、鳥たちの啼声もとだえがちのようだ。だが、そこには少しかしいでその廃屋の白壁がある……

ああ、おまえは感じるだろうか、この壁に遥かに海が秘められているということを。

行ってごらん、足音をしのばせて。
——藻の香りの漂う浜の風が、季節を過ぎたおまえの夏帽子のリボンを、ふとそよがせるかも知れないのだから。

これは美しい抒情詩である。立原道造の作品を思い出せるような雰囲気がある。ただ、詩人の独白でなく、「おまえ」への語りかけという立体的な形式と言い、高原にいて、海の光景を思い、恋人に潮の音を聞かせようとする重層構成の仕組みと言い、技巧的にかなり工夫を凝らした作品であり、それだけにこの抒情詩には厚みがあり、戦前の「四季」派のものとは決定的に違っている。この叙情の厚みこそがこの詩の読みどころである。

この詩集の中からもう一篇読むこととする。「水へ行く道」と題する短い詩である。

おまえの秋は　あの　かげり大きい黄色い帽子
それにかくれて　蒼いおまえのこめかみ
しずかにかたいおまえの歩み　木立は蔭を
黯ずませ　時のせせらぐのが空で聞える……
草の葉で編む籠は　てのひらほどの

語り手である私と「おまえ」との静謐な林の蔭の散歩にはゆっくりと「時」が流れている。その

「時」がせせらぐのを私は聞いている。「時」のせせらぎは時間が水のように流れているからである。だから、これは「水へ行く道」なのである。「時のせせらぐのが空で聞える」という表現の独自性、個性が、この詩をひっそりとした愛の詩であることを教えている。
美しい抒情詩だが、凡庸の作ではない。

*

安藤元雄の第二詩集『船と　その歌』は一九七二年に刊行された。この詩集の表題となった「船と　その歌」がこの詩集を代表する作品だが、非常に長い大作なので、引用に適しない。「雨が降る」と題する詩を次に紹介する。

果てしない長い黒い列になって
おまえの前を過ぎて行く
声を立てない影たちの中の
最後の一人が近づくのを待て
彼が来るまでは　おまえは
待つことだけを知ればいい

近づいて来ても、彼はおそらく
一言も言わないだろう

そこにおまえがいないかのように
顔も上げず　挨拶もせず
前を進む一人と同じように
首もなく腕もない　一本の
樹が進むように歩いて行くだろう

おまえが彼を見わけるのは
彼が行列の最後である
ということだけだ

彼でなければならない　彼以外の
誰であってもいけない
しかし　彼がわかったら
おまえは愛さなければならない
彼の前に飛び出して　腕をひろげ
抱き止めるのだ
川から這い上った人のように
彼はきっとずぶ濡れだろう
だからと言って驚いてはいけない

行列の人々は全部そうなのだから

愛せ
目を閉じた彼の
瞼を愛せ
腕を組んだ彼の
硬い肘を愛せ
ひたひたと歩みを止めない
足裏に跳ねる水を愛せ
彼は振り向くだろう　その額から
一つの空間がひろがるだろう

だが　もしもおまえがためらって
抱き止める一瞬をのがしたなら
そのとき　祈りの中に閉ざされるのは
今度はおまえだ
そうして夜が来る　おまえの永遠が来る
おまえは彼のあとについて
顔を伏せ　腕を胸に組み合わせ

暗闇の一つとなって
行列の最後を行かなければならない
抱き止められる期待もなく
おまえの背後に続く一人もなく
ひたひたと

これは私たちを恐怖に陥れる詩である。行列の最後の人を抱き止めることをためらったら、永遠の暗闇の中、行列の最後について歩いていかなければならない。行列は溺死者の行列のようであるが、最後の人を抱き止めることができれば、溺死者を生に引き戻すことができるのだが、抱き止めそこねれば、彼自身も溺死者の行列に加わり、その末尾を永遠に歩くことになる、という。この詩の一行ずつを読み解くことはできるが、どうして最後の人を抱き止めそこねたら、行列に加わらなくてよいことになるか、この詩が全体として読者に何を訴えようとしているのか、疑問が残る。だが、この詩の寓意を詮索することに意味があるとは思われない。私たちの生と死との境界によこたわる不条理を形象化した作品と解しておけば、それで足りるのではないか。

かつて、詩は読者を陶酔させ、甘美な思いに誘うのが常であった。しかし、現代詩は必ずしも読者を陶酔させない。現代詩は読者を恐怖に戦慄させ、読者の精神を揺るがすことがある。この詩はその一例といってよい。イメージの明確さと言い、読者に与える恐怖と言い、この詩の作者の手腕を充分に示しているように思われる。

*

安藤元雄の第三詩集『水の中の歳月』は一九八〇年に刊行され、彼の詩人としての地位を揺るがぬものとした詩集である。この詩集に収められている散文詩「鳥」を読む。

まだらに染まった空を一羽の鳥が飛んで来る。夜明けに噴火湾あたりを飛び立った飛行艇ほどの、ずっしりと巨大な鳥だ。まだずいぶん遠いから影のように浮いているばかりだが、その途方もない大きさだけは私にもわかる。ときたまゆるやかに羽ばたきはするものの、あとは張りひろげた両翼をほとんど動かそうともせず、滑るようにゆっくりと、しかしまっすぐにこちらへ向かって来る。いわば目に見えない大きな舌が音もなく突き出されて来る上へそっと戴っかっているようだ。しかしそれは少しずつ着実に近づき、少しずつ着実に巨大になる。

あれはたしかに、私を目がけて飛んで来るのだ。ほかに考えようもない。何の鳥なのかわからないし、羽根の色さえ見わけがつかないが、そいつの目が見開かれて、視線がぴたりと私に注がれているのを、遥かな距離をへだてて私は感じる。あかりもないここの暗がりにいる私が、どうやってあいつに見えるのかは知らないが、鏡の中の自分と目を見合わせたときのように、私自身の視線がその場で私にはね返って来る格好で、鳥は私の目を睨んでいるに違いない。その一事だけでも、彼が私を目がけていることはたしかだ。

むろん、まだ距離はある。あの近づき方ならここまで来るのにあと五分や十分はかかる。しかしいったい、あいつは私に何をしに来るのか。私はあんな巨大な鳥をこれまで見たこともないのに、あいつはどこから、何のために、私を目ざしてやって来るのか。私がここにいることをどうやって知ったのか。その鳥から目をそらすことがいまはできない。私が鳥を見ることと、鳥が私を見ていることとは、もはや一つだ。私の目は次第に凝って来る。鳥の姿がふと掻き消えたかと思う瞬間がある。しかし私は、それが私の一瞬の錯覚でしかなくて、鳥がやはりそこにいること、次の瞬間には丸い腹の輪郭を前よりも一層はっきりと見せながら、視野の中の同じ位置に、より大きな姿を現すだろうことを承知している。

いよいよそばへ来たときの大きさはどれほどだろう。私の知っているあらゆる鳥の尺度をどれほど越えているだろう。あの羽毛は柔らかいのか、それとも毛筋の一本が木の枝ほどもあるのか。腹にひそめた両脚の爪は鋭いか。嘴は固いのか。やって来て私をどうするのか。おしつぶすのか、呑みこむのか、羽ばたきで打つのか、さらうのか。それがどんなことかは予想もできないが、あいつがああやってまっしぐらに私を目ざす以上、私を決定的に変えてしまう何かがもたらされると思わなければなるまい。たとえあいつが私を突き抜けて背後へ行き過ぎるだけだとしても、そのことによって私の目は裏返しにされるだろう。それは私にとって避けようのないこと、あらかじめわかっていても対策の立てようのないことなのだ。

まだあと五分や十分はかかるだろう。私は目にあらん限りの力をこめて鳥を見据え、鳥と鳥のもたらすものとが正面から私にぶつかって来るのを待ち続ける。おそらくはその五分か十分かが永久に過ぎ去らないであろうことをうすうす知っていて、そのことにいくらか安心し、そのことにいくらか失望している人のように。

これは不気味な童話のようにみえる。作者の幻覚ないし幻想が生んだ作品かもしれない。童話のように見えるのは、最後まで読むと、結局、この巨大な鳥が「私」を襲って来ることはないと分かるからである。ここで幻覚ないし幻想も終わることになる。現代詩はどんな素材でも素材を選ばない。まったく現実的でない素材でも差し支えないし、どのようにこの素材を料理して、詩に仕立てるかは、作者の自由に委ねられる。この詩における巨大な鳥の不気味さ、「私」の感じる恐怖は、私たちが日常、いつ、何ものかに襲われ、その餌食にされるのではないか、という感覚の具体的な表現である。私たちを襲うのは、ある終末論的な思想かもしれないし、国家権力の暴力的行使かもしれない。私たちは絶えず、未知のものに暴力的に襲われることを危惧している。この詩は、そのような危惧を表現していると解してもよい。この詩では、巨大な不気味な鳥は結局は襲ってこないだろう、という安堵感で終っているが、作者によっては、鳥が襲うか襲わないか、分からないままに、この詩を終わらせるかもしれない。私たちが感じている恐怖を形象化して描くことにこの詩の趣旨があり、結末をどうするかは、決して重要なことではない。

それはともかく、これもすぐれた現代詩の見本の一つと私は考える。

高橋睦郎

一九五九年に刊行された高橋睦郎の第一詩集『ミノ・あたしの牡牛』所収の「ミノ」は爽やかな風の音を聞くような新鮮な感じを覚えさせる詩であった。

ミノ
あたしの雄牛
おまえの膝にもとどかぬときから
あたしはおまえの妹だった
おまえの岩乗な足によじのぼり
またはおまえの三日月のような二つの角のあいだから
あたしはとおい海を見た
風のかがやく野から野へ
あたしたちはいっしょに駈けた
おまえは角をふりたて
あたしは髪をなびかせて
夜は夜で抱きあってねむった
腹には腹　足には足をくっつけて
あの怖ろしい太陽がのぼるまで

じめじめと湿気の高いわが国の風土とはまるで違った、からっとした地中海的あるいはギリシア的な風土における、神話的、幻想的な説話を聞く感がある。最後の一行から、牡牛とあたしが抱き合って眠ることは反倫理的な行為であり、牡牛というのもじつは男の言いかえであって、ここで語られているのはじつは近親相姦的な説話かもしれない。しかし、そうであるとしても、作者はあくまで暗示しているにすぎない。牡牛と少女とが親しむ情景を神話的に美しい説話に仕立てたにすぎない、と思われる。この詩人は第一詩集において高度の技量を身につけていたように思われる。それにしても、高橋睦郎は、現代詩にとって未知の神話的、幻想的な世界を、高度の技法をもって、示すことによって登場したのであった。

*

高橋睦郎は一九六四年刊の第二詩集『薔薇の木　にせの恋人たち』においてさらに深化し、かつ、第一詩集にははっきりとは認められなかった相貌を示した。「指」と題する詩がある。

いくまいも
いくまいもの
恥じらいのはなびらにつつまれて
眠っているわたしのあけぼの

いつか　あの密雲に閉ざされた暗い空から
一本のかがやく指がおりて来て

四方へほとばしる　わたしの
薔薇いろの朝をひらくだろう

閉ざされていた
わたしのよろこばしい魂は
いくたびもはねかえる谺となって
天地のあいだを充たすだろう

汚れた着物と汚れた夜の中で
うっとりと　わたしはゆめみる
その朝は来るだろう
恩寵の一きれのパンのように

いま　その指は
はるかなしののめの
海のような混沌の中にある

「指」は恩寵と解する外ないだろう。恩寵を待ちのぞむ「あたし」は恥じらいの花びらに包まれて眠っている、という。恩寵は混沌の中にあるのだが、必ず訪れるにちがいない。恩寵の訪れを待つ純潔な魂をうたった美しい詩である。どんな読者にも受容できるだろう。しかし、この「指」に続いて収められている散文詩「大砲」はどうだろうか。

泣きはらした目をあげると、見たこともない大きなものが目のまえにそびえていた。美しい夕焼けを背景に、ずっしりと重いそいつはまるで生きもののように、やさしくひかっていた。ぼくは手をのばして、怖ず怖ずとそれにふれた。すると、ぼくの指は、大きな感動にうっとりとするのだった。ぼくは、そいつの口に手をかけてよじのぼり、そいつの背中にまたがった。遠くに、ぼくらのくだかれた村、まだめらめらと炎の舌を見せて燃えているぼくの父たちの村が見えていた。不思議にぼくのこころには憎しみがなかった。強いものがどのくらいのやさしさを持ち得るかを、ぼくは、その時知ったのだった。

大砲のうえに将軍のように馬のりになったぼくを見つけて、敵兵たちが集まって来た。ぼくはかれらの陣営につれて行かれて、「大砲」と呼ばれた。その夜、ぼくは敵の若い将校に愛されたのだった。

これは明らかに同性愛をうたった作である、「ぼく」が大砲に馬乗りになって愉しむのは大砲を馬に見立てた呪術崇拝ないしフェティシズムのように思われるが、そうであるか、どうか。何故、「ぼく」の父たちの村、ぼくらの村を破壊し、炎上させている敵軍に憎しみを覚えないのか。「ぼくら」の村を破壊し、炎上させた敵軍の暴力、つまり力に対する崇拝の感情の方が失われた物たちへの哀惜よりも強かったのではないか。「ぼく」にとっては強いこととやさしいこととは同義だったのではないか。こうした心情は、「ぼく」が敵軍の将校に身を任せ、愛されることに嫌悪感を覚えるよりも、むしろ自然な出来事と受け取っていることとも関係するであろう。この散文詩は人間のもつ感情の神秘に迫っているのではないか。正常な人々には謎としかみえない行動を少年「ぼく」の目で描いたのが、この作品である。しかも、この詩を読んでいると、これらの謎がごく自然なことのようにみえるのである。作者の技量の冴えというべきだろう。

同じ詩集に収められている次の作品は、少年愛の詩であると考えている。ともかく引用するので、まず読んでいただきたい。題は「死んだ少年」である。

ぼくは　愛も知らず
怖ろしい幼年時代の頂きから　突然
井戸の暗みに落ちこんだ少年だ
くらい水の手が　ぼくのひよわなのどをしめ
つめたさの無数の錐が　押し入って来ては
ぼくの　魚のように濡れた心臓をあやめる
ぼくは　すべての内臓で　花のようにふくれ
地下水の表面を　水平にうごいていく
ぼくの股の青くさいつのからは　やがて
たよりない芽が生え　重苦しい土を

かぼそい手で　這いのぼっていくだろう
青ざめた顔のような一本の樹が
痛い光の下にそよぐ日が来るだろう
ぼくは　影の部分と同じほど
ぼくの中に　光の部分がほしいのだ

「ぼく」の影の部分が井戸に中に入れられ、光の部分を求めて這い上る、という説話だが、影の部分はひよわだし、手もかぼそい。そういう弱い少年を救いだし、光を浴びさせるわけだから、この詩は、いわゆる少年愛をうたった詩と解されるのである。

*

高橋睦郎の項を結ぶため、彼がその後、生と死の省察に心を傾けているようにみえることを指摘したい。二〇〇九年刊の詩集『永遠まで』から「死者たちの庭」と題する短い作品を紹介する。

親しい者がひとり死ぬと　苗木をひともと植える
それが　彼女の始めた　新しい死者への懇ろな挨拶
死者たちは日日の成長をもって　彼女に答える
花を咲かせ実を結び　落ちて新たな芽生えとなる

自分が死について何も知らなかったと　彼女は覚った
死は終わりではない　刻刻に成長し　殖えつづけるもの
まぶしいもの　生を超えてみずみずしく強いもの
外を行く人は何も知らず　立ち止まっては目を細める

これは「死」についてのふかい省察である。これほどにまともに「死」について考えた詩人は稀と言ってよい。この詩はまた、死への励ましにちがいない。作者の思索と形象化は瞠目に値するが、この詩が死を間近にした者への癒し、励ましになるかどうかは、また別のことである。

吉増剛造

吉増剛造の第一詩集『出発』は一九六七年に刊行されている。『出発』は作者の独自の個性が際立って目立つ詩集であった。「帰ろうよ」と題する詩がある。題名そのものが個性的であり、特異である。つまり、自分がどこかへ帰ろうという意図だけではなく、仲間にも帰るよう促しているのが、題名の末尾の「よ」である。言いかえれば、遊び疲れた子供たちの一人が、遊び友達に、もう家に帰ろうよ、と誘っているような感じを与える題名である。したがって、この詩は詩人の独白ではなく、仲間に、あるいは、読者に対する、呼びかけの詩なのだ、と理解する必要がある。

歓びは日に日に遠ざかる
おまえが一生のあいだに見た歓びをかぞえあげてみるがよい
歓びはとうてい誤解と見あやまりのかげに咲く花であった
どす黒くなった畳のうえで
一個のドンブリの縁をそっとさすりながら
見も知らぬ神の横顔を予想したりして
数年が過ぎさり
無数の言葉の集積に過ぎない私の形影は出来あがったようだ
人々は野菊のように私を見てくれることはない
もはや　言葉にたのむのはやめよう
真に荒野と呼べる単純なひろがりを見わたすことなど出来ようはずもない
人間という文明物に火を貸してくれといっても

とうてい無駄なことだ
もしも帰ることが出来るならば
もうとうにくたびれはてた魂の中から丸太棒をさがしだして
荒海を横断し　夜空に吊られた星々をかきわけて進む一本の櫂にけずりあげて
帰ろうよ
獅子やメダカが生身をよせあってささやきあう
遠い天空へ
帰ろうよ

作者は「歓びは日に日に遠ざかる」と、この詩を書き起こしている。歓びはとうに去り、作者は寂寥しか知らない。「どす黒くなった畳のうえで／一個のドンブリの縁をそっとさすりながら／見も知らぬ神を予想したりして／数年が過ぎ」去ったという。見も知らぬ神がどうして当てにできるか。侘しい、辛い日々であった。残されたものは「無数の言葉の集積にすぎない」。「人々は野菊のように私を見てくれることはない」。哀しい境遇に彼は沈んでいる。そこで「もはや　言葉にたのむのはやめよう」と決意する。このような心境であれば、言葉をたよりにしない世界に出かけようとしても、ふしぎはないのだが、「くたびれはてた魂から丸太棒をさがしだして／荒海を横断し　夜空に吊られた星々をかきわけて進む一本の櫂にけずりあげて」「獅子やメダカが生身をよせあってささやきあう／遠い天空へ／帰ろうよ」というのである。作者の目指す場所は天空の楽園のようである。侘しく、悲しい現在の境遇から脱出して天空の楽園を目指す作者の意図、イメージの華麗さが注目に値する。一方、この天空では、言葉は捨て去られるのか、疑問が残るのだが、他に彼の帰るべき場所はない、と決めているようである。あるいは、無数の言葉の集積だけしか残すことができなかった作者は、言葉に絶望し、言葉のない天空の楽園を目指して、仲間に誘いかけているのかもしれない。「帰ろうよ」という題名からみれば、天空の楽園こそが彼の本来の住処であったのであろう。それにしても、この詩の前半の現状の侘しさ、悲しさと対比される天空への旅の絢爛さとの対比がじつに魅力的である。

次に「平原」と題された詩を読む。

おれの心臓の東壁に古代の太陽が昇るとき
おれの五体は金色のフルートとなって
自然を制御するメロディーを
奏しはじめる

おれは
一頭の巨象のように死場所を求めてさまよっていたのだ
春の海を切断する丸木舟のように
神の嘆声の延長線上を
漂っていたのだ

太陽が

ゴムマリのように叫び声をあげる平原
優しい大きな平原
おれの二の腕で激しく舌打つ精霊たち
おれの胸部で経文のように渦巻く現代
平原
うちつづく肉類の殺戮が緑の海流におおわれる
この平原は
おれの敗北や恥辱によって出現するはずはない
あらゆる物質が
ぶすぶすと
みずから燃えはじめる平原はおれの勝利の領土にひそんでいる
おれの五体よ
金色のフルートとなって交響楽をかなでよ
あらゆる物質に涙を流させる
ガソリンの一滴となれ
扉をひらけ
むきだしの自然よ
おれは汝と共に死滅に参加しよう
輝かしい葬祭　死滅の祝典に

壮大な平原に火の音楽を漂わせるのだ
おれたちは羽根のように舞って
心臓の東壁に昇った太陽とともに
きょう

この作品において、第一節ですでに「おれの五体は金色のフルートとなって／自然を制御するメロディーを／奏しはじめる」といい、第三節でも繰り返し、「おれの五体よ／金色のフルートとなって交響楽をかなでよ」とあることに見られるとおり、「おれ」が「金色のフルート」となって「おれの領土」である「平原」において交響曲を奏でることがこの詩の主題である。これが非現実のファンタジーであることは引用した詩句からも明らかであろう。ただ、この詩は、非現実の空想ないし妄想とはいえ、稀有の壮大、雄渾なファンタジーである。

「おれの五体が金色のフルート」となるというイメージは非凡としか言いようがないし、このフルートが「自然を制御するメロディーを／奏ではじめる」という自然を支配し、制御する、というイメージも同じく非凡という外ない。

そのために、「おれ」は当初は悲惨な境遇から出発する。第二連に書かれているように、「おれ」は巨象のように死場所を求めて彷徨し、丸木舟のように漂流しなければならない。しかし、「おれ」は「平原」を彼の領土にする。この「平原」は「おれ」の敗北や恥辱によって出現するわけではない。平原に生存していた多くの生物たちを「おれ」は死滅させるのに成功したにちがいない。どのようにして死滅させたかは語られていない。「おれ」にとって、この過程はどうでもよい。「むきだしの自然」とともに「輝かしい葬祭　死滅の祝典」を営むことによって、「おれ」の領土の支配が始まり、そのために金色のフルートが奏でられる。葬祭は、また、出発の祝典である。

読者にとっては、この壮大、雄渾なイメージに耽溺できれば、足りる。作者は、この詩によって読者がファンタジーに酩酊する悦楽を味わうことを期待しているのだ、と私は信じている。

＊

吉増剛造の第二詩集『黄金詩篇』は一九七〇年に刊行された。これは刊行の当初から評判の高い詩集であった。詩集の題名となった作品は長篇詩なので、ここで採りあげるには適しない。そこで「反乱」と題する作品を読むこととする。

我思う、故に我あり
われは他者なり
これらの言葉は生きるに価しない
焔に帰還する煙の一瞬の姿だ
沈没する船舶の竜骨に飾られた彫刻の先端の鋭い指先だ
すべて言葉は均衡のとれた渦巻を残す、いまはなき幻影なのだ
花など投げぬように！
まして

肉体を、このもう一つの虚無の淵に投げ入れぬように！
この崖っぷちに
素手、素足で立つ、この崖っぷちにいつまでも立っていて
劇しく狂うがよい
最良の精神は狂い、めまい、そして落ちず、渦巻も視界に入れない至近の存在
否定、破壊がはじめて武器になるのは
この時だ
まず言葉を遮断せよ、とりわけ詩人は
漆黒のサン・グラスを全身にまとい
充満する煙を我身の肉もろとも斬って捨てる
おお
素手で焔の原型をつかみとれ！
これらの言葉にも価値はない
ただ
あまずっぱい触媒で死者の腐臭をとめる
毒薬の符号
生きるに価しない
言葉の構造をめぐって考察されたもっとも微細な反乱のきざしであろうか

この詩でも表現は華やかだが、内容はかなりに思弁的である。「我思う、故に我あり」「われは他者なり」という二つの哲学的箴言から始まり、これらの言葉は「生きるに価しない」と言い、「焔に帰還する煙の一瞬の姿」、「船舶の竜骨に飾られた先端の鋭い指先」「いまはなき幻影」だと言う。約めて言えば、「これらの言葉」は、火のないところに煙は立たない、というから「煙」であり、「焔」であり、「装飾の一部」であり、「幻影」である、と断言しているわけである。そこで、「焔」であり、「幻影」であるのは、「これらの言葉」なのか、これらの言葉が表現している思想なのか、を確かめなければならない。ある思想を想定したばあい、この思想が「言葉」として表現されたとき、「言葉」はその思想の幻影にすぎない、ということに作者の趣旨があると解する。そう解するのは、「言葉を遮断せよ」という提言がなされているからである。「充満する煙」を「斬って捨てる」とあり、「焔の原型」つまり、言葉の原型、を「つかみとれ」と命令しているからである。しかし、言葉の本質が焔の原型のようなものだとすれば、これをつかみ取るのは素手、素足で崖ふちに立って、狂気、眩暈によるほかない。こうして、詩人は幻影でない言葉を見出すのだ、と言ったことが、この詩の意味するところと解する。

言葉とは、言葉が表現しようとする思想や事物のまぼろしにすぎない、という洞察をきらびやかな表現、きっぱりした決意として語ったことに、この詩の魅力があると思われる。

＊

一九七〇年に『黄金詩篇』を刊行してから三年後の一九七三年に吉増剛造は詩集『王国』を刊行した。この詩集に「部屋」と題する散文詩を収めている。次のとおりの作品である。

薄暗く、西洋風の古びた扉があり、ときおり風にゆれる蝶番のゆるんだ窓、北西の方角を向いた小窓があり、風邪をひいて額に汗するときも、夢み心地に大空をゆく雲をながめるときも、これ以上の場所はないとおもわせる、そんな小さな部屋を持ちたいのぞみがある。巷間の俗説に曰く「自閉症」である。私にはしかし永遠の幽囚、私の部屋をそのまま墓場にする、輝かしい、じつに輝かしい夢である。部屋といえば、医師の診察室をみよ、あの明るさ清潔、メスのならんでいる風景、あの殺人者の部屋の小説的なこと！　蝶番のゆるんだ窓から猫が帰ってくる、すこし古代的な風景を私は恋する、自己幽閉への激しい願望、それは草原を獲物を追って疾駆する若き狩人の感覚ににている。午後5時、世界は封鎖する、白いナイフを握りしめ、私はテレビの前に正座する。虚無、夢幻が突如として絶大なエネルギーにかわり、古びた部屋は「城」となる。風が吹く、ああ、風が、にわかな風が吹きはじめる！

この散文詩はこの詩人の詩作の秘密をよく明かしているように思われる。彼が展開する華麗、壮大なイメージの世界は幽閉状態に自分を押し込めている結果、その自己を開放することから生まれるのである。それはそれとして、この自己を幽閉する部屋の描写の精密さはやはりなまじの才能ではない。

＊

私はここで鑑賞する詩を主としてそれぞれの詩人の初期の作品に限ってきたが、時に、成熟期に、その詩人がどのような詩を書いているか、を紹介したいと思うことがある。吉増剛造は一九七七年には『草書で書かれた、河』を刊行している。『王国』を刊行してから僅か四年後である。だから、この詩集の作品を吉増剛造の成熟期の詩と言うのは適当ではないかもしれないが、これまで紹介してきた詩とはかなり変わったと感じている詩を一篇だけ紹介して、この項を締めくくることとする。「浮世」と題する散文詩である。

「浮世」という言葉が美しい。江戸ふうの言葉だ。手紙を書くために辞書をひく。ああ、字を「ひく」とはこれまた魔力が影響している。引力魔力。「浮世」の「浮身」は遊女の水泳。白くボーッと空に浮ぶ裸身がひとつ。

「浮世」という言葉が美しい。大正時代あたりはまだガス燈やでんき、縁日の夜も、ボーッと「浮名」を流し、やたらと宇宙にたなびき、流れていた。

雨期になると瀬戸内海も鳥羽あたりもボーッと霞み、あたり一面「浮世」「浮島」にみえたであろう。水中と空中、浮き沈む、ああ、しゃらそうじゅ! みたこともない名木が宇宙の中心に浮んでいる、幻。

「浮世」という言葉が美しい。こんな当り前の言葉が美しくみえる。芭蕉さんも「憂き我を淋しがらせよ閑古鳥」とおのが「浮身」を歌った。いまは油地獄の底からもうもうと浮きあがる、ブタのテンプラ!

才気に満ちた作だが、イメージの華麗さよりも、言葉の多義性、多面性の興趣からこの詩が書かれていることに私は注目したのである。吉増剛造は、ここに例示しただけからは充分に説得力をもたないかもしれないが、年齢を重ねるにしたがい、詩境をすこしづつ変えながら成熟していったのである。

荒川洋治

一九七五年に刊行された荒川洋治の第二詩集『水駅』に接したとき、私は異次元の世界への旅に誘われているような感興を覚え、目覚ましい才能をもつ詩人が出現したと感じた。

この詩集は「水駅」「消日」「ながあめの自治区を」「内蒙古自治区」など十二の短いとは言えないが、長すぎるとも言えない断章から成り、それぞれの断章は散文詩と解することができる。この中から「内蒙古自治区」をまず読むことにする。

黄土をしずんでいく。木ぐつのような苦い東部をぬいでいく。ざらりとりきむ頬を、黄色の風が気に入りの往時へうちかえす。

わたしのうちふかく、見えるものは直接に北部であろうとした。動作にはいるモンゴル人の影が、みずいろのパオに融けだしている。若いその軸あしに草色の熱意がうすくさして、しずかな体質をくゆらす。

背のひくい手動の風がわたる。きみじかな笛のねをぬぐいながら組みしおれた、草原の民族がみえる。唐突の突厥、柔肌の柔然。そしてそれら笹葺きの箇条に、遠目でおずおずと感光した非番のむすめたちがみえる。その緑色の腰はいまも、くらしにはつかうことのないまっすぐに白い部分を夜ごとにおきあげてくる。

具体の北辺、オルドスを感受しながら、自治区のとろけた時制をさすっていく。木ぐるまの外の素材のむれはにぶくすすみでたまま、場をもとめる熱い目をそだてている。

黄土を、朝方のつづきからふみだしていく。しずかな飽和の世界。音は、やさしくふりだす。熟した来し方はやわらかい書きだしですべりつづける。美しい微動はいくたびも、きいろい国家を萌やしつづける。

ここで詩人の眼は内蒙古自治区の政治的側面には注がれていないようにみえるのだが、つぶさにみると、政治的側面にも照明を当てていないわけではない。国家の芽が萌えつづけているという。国家の発芽の萌えをうながすのは「美しい微風」なのだが、その微風も手動だという。モンゴルの人々が手動で微風をおくるのだから、モンゴル民族独自の美しいが、けっして強くはない、微風としか言いようがない、弱弱しい風なのであろう。ただ、「木ぐるまの外の素材のむれ」が「場をもとめる熱い目をそだてている」という素材の群れがモンゴルの人々であるとすれば、彼らが独自の「場」を求めて熱情を注いでいる、と解することができるのではないか。

しかし、詩人は政治的側面よりも風土に惹かれているようである。水色のパオに融けていくかのようなモンゴルの人々の静かな体質、気短かな笛の音、非番のむすめたちの緑色の腰、彼女たちの夜。ここにはモンゴルの人々とその風土への詩人の愛情があふれている。

題材も、題材への視点も、まことに斬新であり、その表現もまた、じつに個性的である。現代詩はこういう地点にまで到達したのである。

次に、同じ詩集の中の「ウイグル自治区」を読む。

高地のアンソロジィがつづく。すぐれた室外が展開している。テンシャン北路はいまも、官位になびかないするどい標高をしめしている。静かな記憶の傷ひとつ。

地誌をよみさしの行人、その足どり。過ぎてゆくもののなつかしい気立てで、死そのものの素性に帰っていけるのだ。一軒の絹屋を辞してから、この国を辞するまでの、風のみち、醒めた由来のぬれかた。

懶惰な霧のながれには、多くの音楽を聴きしった無事の感情がしめされている。搬入される久遠。それをむかえるしめやかなジュンガルの盆地。わたしは地形の向きにながれていく。

その向きにようやく、うすい日が暮れる。このような一日は、わたしにではなく歴史にとって堅く必要なのだ。湖底ふかくおとされた匈奴の影。そのなかばねむりかけた線分を、しぶきをおさえてひきあげる。遠く消え、消えることでながれつく絹の道のかおり。こころふかく、隠れウイグル族を走らす飴のような報せは、いつ。

この作では、詩人はシルクロードを偲び、永遠の時間に身を委ね、歴史に思いを馳せ、ジュンガルの盆地を地形の向くまま遊んでいる。それだけに時間を感じさせ、諸民族間の歴史に感慨を覚えさせる。これは『水駅』の中でも、静謐、抒情的な作だが、作者は「官位になびかないするどい標高をしめしている」と初めにことわっている。中国共産党による、漢民族のウイグル族迫害の厳しい現状はこの作の平穏の裏面にあることを、あるいは、作者は予測していたのかもしれない。

＊

次に一九八二年刊行の詩集『遣唐』から二篇ほど読むことにする。この詩集には私が好きな作品が多い。まず、「ほたるのひかり」を読む。

螢は冬とぶものだ
と思っていた
つい、うっかり
この間まで

螢の光
窓の雪
などとペアで
覚えたからいけないのだ
覚えるとき
そばに
女の卵がいたから

なおいけないのだ

女の卵はセーラー服を着ていた
必ずうしろに
その母がいる
旋律をにらむ、命長からん母たちだ

あの曲の流れるときは
私にはいつもささやかな
「役」が付いていて
前の列へ
張り出されていたように思う
やや後ろには
音楽にあわせて
やがて見失う
ヒトの山が
あった

これは幼年期への郷愁に似た思い出を語った作である。「女の卵」とは何のことか、と思って、続きを読むと、どうということもない、「セーラー服を着」た少女たちにすぎないのである。このような表現には、往時の少女たちへの含羞をこめた、作者の少年時へのほのぼのとした愛情がこめられている。冒頭の一行の意外性に始まり、読者の心の暖まる作である。この作に窺われる作者の人柄に私は親しみを感じている。

「湖」という詩がある。

湖のタネを
売りあるくという
知ったばかりの男についていった
峠の茶屋で一休みする
男のカゴから
売りもののタネが
うっかり落ちてしまい
茶托の音がはずむ頃には
あたり一面の湖が
彼と私の体を押しあげていた
あれ、まあ

彼が職業柄

浮かんだのはいうまでもない
私は財布をにぎりしめたまま
浮かんでいる
特別変わったところはないが
スカートのすそは
気にしている

この詩は文字どおりのブラック・ユーモアと読んでもいい。「湖のタネ」と男の称するものが、じつは女性の騙されやすい何ものかの譬喩だと考えてもよい。女性が騙されやすいものであれば何であってもよいのだが、この詩の読みどころは終わりの「スカートのすそは／気にしている」にあるから、湖のタネを売る男についていったのは女性がふさわしい。たとえば「湖のタネ」が風のタネであってもよいのだが、それでは平凡にすぎる。このようなユーモアは現代詩において初めてみられる特徴である、と私は考えている。

＊

『遣唐』が一九八二年に刊行されてから、十五年後の一九九七年に刊行された詩集『渡世』は現時点からみれば二十年以上も前に刊行されたので、最近とはいえないまでも、作者の壮年期の詩境をみておきたい。詩集『渡世』の表題作「渡世」は次のとおりである。

風物詩といわれる
堅固な
「詩の世界」がある
それはいかにも暴力的なものであるが

たしかに
あちらこちらに
詩を
感じることがある
詩は
そこはかとない渡世の
あめあられの
なかにあるのだから

「お尻にさわる」
という言葉を
男はひんぱんに用いる
なかには言葉の領海を出て
「少しだけだ、な、いいだろ」と女に迫ったために

ごむまりのはずみで
渡世の外に
追い出された人もいる
「だめよ、何するのよ」「ちょ、ちょっと。よしてください！」
と女性は
いつの場合も虫をはらうように
まゆをひそめるのだが

お尻にさわるのもいいが
お尻にさわるという言葉は
いい
佳良な言葉だと思う
あそこにはさわれない
でもさわりたい、ことのスライドの表現
のようでもあるが
そうではない
この言葉には
核心にふれることとは
全く別の内容が

力なく浮かべられている
若いすべすべの肌にふれ
「いのちのかたち」をたしかめたい男性たちは
まとを仕留めたあとも
水が
いつまでもぬれているように
目をとじたまま　お尻に
さわりつづける

この詩において、作者は、卑俗な素材を採りあげて、言葉のもつ微妙な機能を明らかにしている。作者の成熟は注目すべきものだが、現代詩の世界はここまで、つまり、まるで抒情詩とは言えない領域にまで、拡張されていることに私は感慨を覚える。

高橋順子

私は高橋順子の詩は車谷長吉との結婚以後すばらしくすぐれたものになったと考えている。これまで様々な詩人の作品を彼らの第一詩集、第二詩集の作品を、稀に第三詩集の作品を採りあげて鑑賞してきたが、高橋順子のばあいは、車谷長吉との結婚以降の詩を主に採りあげたい。だからと言って、第一詩集などにも評価できる詩がないわけではない。たとえば第一詩集『海まで』に「夏の終り」と題する詩がある。

伊豆急の電車の中に銀色の小物入れを忘れてきたことに気づいて
まだ海から戻ってきていない気持にさせられる

夏が終ってしまったのに
終らせまいとして
ちいさな銀の鍵をかけてきたような

ずいぶん共感を覚えさせる詩である。ここには確かに詩があり、読後の快い感銘がある。それは過ぎ去った夏への哀愁のようなものである。

また、第二詩集『凪』に「寓話」と題する詩が収められている。

自分で自由になる時間がたくさんほしい
そうねカステラを切るみたいに

どこを切ってもいい時間
と思っていた
いざ自由になってカステラをとりだし
ナイフを手に見ていると
わが身を切るように思えた

作者の揺れうごく心情がそれこそ手にとるように分かる気がする。カステラを切るように手軽に自由になる時間など手に入るはずがない。この詩はポエジーというものがどういうものかを熟知している詩人の作である。だが、これらは結婚以後の作とは比較すべくもない。

*

たぶん第六詩集になるはずだが『時の雨』という詩集は一九九六年に刊行されている。この詩集に「処世術」と題する詩がある。

「八百屋へ行くのに
鏡の前で帽子を三回かぶりなおすとは」
と呆れられている
「あなたには自分をよく見せようとする弱さがある
せめて嫌われてもいいと思ったら?」

一人で生きてきた臆病な女の処世術は
なるべく敵をつくらないこと
なるべく人を悲しませないこと
黙っていること
でした　いまそれが分かる

ここには抒情性がまったくない。しかし、高橋順子という人間が確実に存在する。もっと言えば、彼女が「連れ合い」と呼んでいる車谷長吉という人物を彷彿と描き出している。しかも、詩人の心情が痛いほど伝わってくる。これが「詩」である、と私は考える。彼女の初期の詩には高橋順子という人物がみえていなかった。作者不在の抒情であった。それが私の不満であった。

この詩集の中でも最高の作品であり、現代詩の中でも幾篇かの卓絶した作品の一つと考える「壁の女」は以下のとおりである。

男が休日は一人で部屋にいたがるので、女は用もないのに家をあけ
秋葉原の電気街に紅葉など見に出かける
一年も一緒にいると
壁のようだと男が言う
壁を取り外したいときがあるのだ

分からないでもないので
白塗りの壁は黙って靴を履いて外に出かける
誰もわたしが壁だなんて思わない　雀も犬も花も　ゆきずりの者は
わたしを通過してゆく
わたしはわたしにとってゆきずりの者ではない
せめてわたしがわたしにとって壁でないのをよしとしよう
そう思うことで家路につく　靴を脱ぐと
半分だけ壁になるのだ

これは「連れ合い」である車谷長吉が神経症のためにはちがいないのだが、私たちは同居していると、いつも上機嫌で同居しているわけではない。夫が妻を、妻が夫を、鬱陶しく感じる時がある。これは当然の事理である。だから、同居人を壁と感じることは決して車谷、高橋夫妻だけの問題ではない。普遍性をもった問題なのである。それ故にこそ、これは傑作なのである。
もう一篇、短い作品「虎の家」を読む。

「二人とものを書くの？
それはいけません
家の中に虎が二ひきいるようなものだ
って言われたよ」

婚約中　男がおかしそうに
女に言ったことがあったっけ
いつかその言葉を思い出すことがあるかもしれない
と女は思った

案の定　男が虎になった　そのあげく
精神安定剤だ　おかげで
いまは猫である
虎のいない家で虎になってもしようがないから
女は猫をかぶったまま
手なずけられた虎猫と
そうめんをすすっている

これも普遍性をもつ佳作である。しかも、ユーモアに富んでいる。そういえば、「壁の女」にもユーモアがある。これらのユーモアは高橋順子が自身を客観的にみていることから生まれている。高橋順子の成熟はじつに見ごたえがある風景である。

*

二〇一一年三月十一日、東日本大震災があった。九十九里浜に面した高橋順子の故郷にも津波が押し寄せ、甚大な被害を与え、一四人もの人が犠牲となって死ぬという結果をもたらした。私は東日本大震災のさいの津波は三陸海岸を襲ったという認識しかなかったから、九十九里にも津波が押し寄せたと聞いたときはほとんど信じられなかった。高橋順子の詩に接してはじめてその被害を知ったのであった。高橋順子は二〇一四年に詩集『海へ』を刊行した。この詩集は二部から成り、第一部に十一篇、第二部にもっぱらこの悲劇をうたった詩十七篇だけを収めた詩集である。この詩集から二篇だけ紹介したい。なお、高橋順子の故郷は今では旭市に編入されたが、元来、飯岡と言われた町である。私にとっては、飯岡という地名は肺結核を病む剣客平手神酒などが活躍する浪曲、講談で馴染みのふかい笹川繁蔵と飯岡助五郎の対決する、いわゆる天保水滸伝の土地として聞いていた。高橋順子が飯岡の出身と聞いたとき、飯岡助五郎を思い出し、場違いな感じを持ったことを憶えている。「海を好きだった」と題する詩を読む。

海を好きだった
(わたしの第一詩集は「海まで」という)
海が凶暴な力をもっていることは知っていたが
それは海の向こうの海のことだと思っていた
幼かった足うらをえぐる小さくない波の力と砂のつぶを
いまでもわたしの足うらはおぼえている
わたしの海は荒れるときも
防波堤に当たって夢が砕けるように自らを砕き

わたしの夢に侵入することはなかった

三月十一日　東日本大震災が起きた
大津波がわたしの古里にも押し寄せ
中学時代の同級生など十四人が波に呑まれた
これが　わたしの海か
これが　海のわたしか
わたしの「海まで」の矢印は　海によってへしおられたことを
分かってゆかねばならない

一ヶ月後余震の中を故里に行くと
家の庭からも前の道からも
それまでは家並みにさえぎられて見えなかった海が見えた
海が見えた　というよりは
海を見なければならなかった　というべきだろう
海　青い他界
故里の家には昨日青畳が入った

わたしたちは凪を踏むようにして　その上を歩いた

もう一篇「海のことば」を読む。

壁の上のほうに真っ直ぐな
黒い線が残っていて　それは
波が来た跡だと弟が言う
部屋の中に黒い吃水線を
海は引いていった
弟の家族は黒い線の下のほうに布団を敷いて寝る
彼らが寝ている間
海は寝ないで海の言葉を
くり返している
くり返している
あ　風がでてきた
あ　楽器が壊れた　すると
弟たちは寝汗をかく
海は魚や昆布をふとらせ
貝がらを舌でなめ

月のように光らせる　やさしいこともするが
時折陸地をのぞきに行く
やさしいこと
やさしくないことは
海にとっては同じこと
おやすみ　おやすみ
ずっとおやすみと
海は陸のいきものに言いふらし　言いふらし
もんどり打って帰ってくる
海の引く線は
透明であるべきだと
海は考える
しかし海は黒い線を引く

車谷長吉が誤嚥のため死去して以後、見かけた高橋順子の詩はますます冴えてきている感をもった。彼女はいま女性詩人として現代詩を代表する、もっとも重要な人物である。

井坂洋子

井坂洋子の第一詩集『朝礼』は一九七九年に刊行された。彼女は一九四九年生まれだから、そのとき、すでに三十歳であった。私は彼女の詩集『朝礼』を目にしたとき、作者は二十歳代の前半であろうと想像した。たぶん、巻頭の表題詩「朝礼」の清新が印象ふかかったためではないか、と思われる。「朝礼」は次のとおりの作品である。

雨に濡れると
アイロンの匂いがして
湯気のこもるジャンパースカートの
箱襞に捩れた
糸くずも生真面目に整列する

朝の校庭に
幾筋か
濃紺の川を流す要領で
生白い手足は引き
貧血の唇を閉じたまま

安田さん　まだきてない
中橋さんも

体操が始まって
委員の号令に合わせ
生殖器をつぼめて爪先立つたび
くるぶしにソックスが皺寄ってくる
日番が日誌をかかえこむ胸のあたりから
曇天の日射しに
ゆっくり坂をあがってくる
あの人たち

川が乱れ
わずかに上気した皮膚を
濃紺に鎮めて
暗い廊下を歩いていく
と窓際で迎える柔らかなもの
頬が今もざわめいて
感情がささ波立っている
訳は聞かない
遠くからやってきたのだ

私には、末尾の四行の意味が正確に読みとれないのだが、遅刻してきた二人の同級生に迎えてもらって、感情にさざ波が立つ、というほどのことと一応理解しておく。いずれにしても、この詩の読みどころは、体操が始まると、号令に合わせ、生殖器をつぼめて、爪先立つ、という詩句にあることは間違いない。言うまでもなく、このような女性、ないし女子学生の生理的反応については私は無知だったから、この句に接してドキッとしたし、なるほど、そういうものか、と教えられた。ただ、これらの詩句がこの詩の読みどころであるのは、生殖器というような露骨な表現にも拘わらず、この詩がじつに清潔な感じを与えるからである。この詩には十歳代後半の純真さや感情の起伏の楚々とした動きがじつに率直に語られている。実際は、十歳代後半の少年と同じく、少女もまた、このような純真さなどは、ほんの一面にすぎないと感じているが、それはともかくとして、「朝礼」は井坂洋子の詩人としての出発をかざるにふさわしい作品であると私は考える。

この詩集の「朝礼」に次いで収められている「制服」は「朝礼」に比べ、私の評価は低いけれども、やはり井坂洋子の才能を窺わせるに足りる作品である。

ゆっくり坂をあがる
車体に反射する光をふりきって
車が傍らを過ぎ
スカートの裾が乱される
みしらぬ人と

偶然手が触れあってしまう事故など
しょっ中だから
はじらいにも用心深くなる
制服は皮膚の色を変えることを禁じ
それでどんな少女も
幽霊のように美しい
からだがほぐれていくのをきつく
眼尻でこらえながら登校する
休み時間
級友に指摘されるまで
スカートの箱襞の奥に
一筋こびりついた精液も
知覚できない

この詩を読んで注意を惹くのは最後の四行「級友に指摘されるまで／スカートの箱襞の奥に／一筋こびりついた精液も／知覚できない」にあるにちがいない。ことに「ひとすじこびりついた精液」という言葉であろう。現代詩において「精液」というような言葉を露骨に使うことは稀である。だが、この四行には作者のスカートの箱襞の奥に一筋こびりついた精液を級友に指摘されたことについての羞恥と一筋の精液に対する嫌悪とがこもごもにこめられている。だから、こうした現象にすこしの距離をおいて自分を見ている。それが「知覚できない」という表現だろう。気づかない、といってしまえばよいのに、ことさら「知覚できない」と表現したのは、気づく、という以上の衝撃的な認識を作者がいだいた事実を読者に伝えたいと考えたうえで、こういう「気づく」という日常的なことばでなく、「知覚」というあまり耳慣れない言葉を選んだのだと私は考える。

この詩でも、詩の内容にかかわらず、詩は清潔な感じを与えている。これはおそらく作者が、いつ、どのようにして、スカートに精液がこびりついたのか、記憶がないことによるだろう。そういう意味で登校途上の状況の叙述が貧しいのではないか。「みしらぬ人と／偶然手がふれあってしまう事故など／しょっ中だから／はじらいにも用心深くなる」と言うけれども、手がふれるほどのことで精液がスカートにこびりつくはずがない。常識的にいえば、作者は満員電車で痴漢に精液をかけられたためではないか、と思われる。そのたぐいの体験を示唆し、暗示するような叙述が一行もないことが、この詩の欠陥ではないか。あるいは作者にはどうして精液がこびりつくような事件がおこったのか、まるで思い出せないのかもしれない。作者はそんな純情可憐、無垢な少女であったのかもしれない。それなら、それなりの説明が欲しい。これは望蜀の願いであろうか。

同じ第一詩集に「素顔」という詩が収められている。

服のように
簡単に顔をぬげなくて
苦しい

声をかければ楽になるが
瞬間に
逃げてしまうだろう
気持をこらえて
目を中心に
ものすごい速さで混み合う
あなたの表情を
両手で支え
くるしんでいるうちに
呼吸をするように
ふっと
素顔になる

目を閉じる
しきりに何か降ってくる
真昼

自分には「素顔」がない、いま鏡に映っているのは自分の素顔ではなくて、仮の顔なのではないか、という思いをもつ人は少なくないはずである。そういう素顔を見出すには尋常でない苦しみに耐えなければならない。そうして素顔を見出したとき、世界は変わっているにちがいない。「何か降ってくる」と作者は言う。何が降って来るかは作者にも分からないという野望をともかく詩に書いてそれなりの作品としていることに私は好感をもつのである。

*

井坂洋子の第二詩集『男の黒い服』は第一詩集刊行の二年後、一九八一年に刊行された。私はこの詩集の中で「朝の気配」を屈指の佳作を考えている。次のとおりの作品である。

はじまりのための
動静をさぐるふらつき
中腰で
ストッキングをはく
わたしをぬすみ
鏡は深夜から立ちあがっているが
まだ姿が決まらない
伸びすぎた腕を
手首でしめる腕時計の
文字盤が
はだいろを帯びてくる

夕べの復習をおさめた
かばんの中身も
少しずつ生ぐさくなる時刻

ひと朝ごとに
姿を先に立たせて
そのあとをついていく
先々の
風景がはめ絵のようだ

これは何ということもない、日常瑣末の動作にすぎない。しかし、この日常瑣末がここまで精密に微妙に捉えられた作品は稀有である。女性の出かける前の一挙一動が目に浮かぶように描かれている。第二節ではめ絵のような、決まりきった、先々が待っているのを知って「姿を先に立たせて／そのあとをついていく」という表現も独創的である。
同じ詩集に「生体」という作品も収められている。これも一読、かなりの感銘を覚える詩である。

至近距離で
顔を見
見るだけで声にはならず

気持がつたわったような気になって
別れた
（あなたは怒ると笑うような表情になる）
あまり近くで見詰めていたので
視界の修整がきかない
駅の階段を
背中だけの人が大量に降りていく
みんな上手に低くなって
地下鉄に乗りこみ
先をきそって
目を閉じる

轟音が怒りを敷いていくようで
疲れたからだが鳴っている
車窓には首のない生体が揺れる
（一度でも思いだしておかなければ
二度と思いだせないことばかりだ）
駅名を告げられる前に
獣のように膨張した頭をゆり起こす

それから
弾力を求めて
人の波にぶつかっていく

これはおそらく同棲ないし結婚していた男との訣別と出勤の雑踏する地下鉄の駅や車内の風景を重ね合わせて描いている作品であろう。「車窓には首のない生体が揺れる」というのは、車窓には首から下しか見えないということと、車内の乗客は体はあっても首がない、頭脳がない、生物にすぎない、という意味を二重にふくんでいるのであろう。そういう意味で別れた男もいまはたんなる、首のない、生体にすぎなくなっているという意味で、この詩にくみこまれているのであろう。そう指摘されてみれば、電車の車内の乗客はだれも人間性を失った生体にすぎないのではないか、という作者の思いに納得することもできるはずである。平凡な景色に本質的に潜む恐怖がここに描かれているといってよい。

＊

上記したような作品によって、井坂洋子は現代詩に新風を吹きこんだのだが、言うまでもなく、その後の成熟した彼女の作品も例示しておくこととする。第一詩集刊行後、十二年後、一九九一年に刊行された詩集『地に堕ちれば済む』に収められている「鯉のひげ」という作品を以下にしるす。

夜が静かになっていかず

体の変電所で
何万ボルトからただの100ボルトに
おとしそこなった人間たちが
気炎をあげ
夜明けに
しゅんと白い液を垂らす
繁華街の道筋を
群れと別れて
薄目をあけた夜間灯をたどり
公園に向かう
だいぶ酔って猥雑な気分だ
出来事は時間を惜しんではやめにおきるが
いったい何が起きたのかもわからずに
ひげをゆるがせて
人造池の鯉が逃げる
彼らは水の中で急に向きを変える
じっとしていることができずに
死ぬまでそうやって
方向をかえるのだ

私も同じようなものだが
潜水服のように胴をあけて
待っている家へ
体をしまいにいく前に
ひげをゆるがせ
月の光に照らされ
すらり
浄福のせんない姿で立つのである

これは肩ひじはった作品ではないが、社会性が豊かになり、またユーモアに富んでいる。その後も井坂洋子は成熟を続けているが、本稿では省略する。

小池昌代

一九八八年に刊行された小池昌代の第一詩集『水の町から歩きだして』に「くだもの」と題する詩が収められている。次のとおりの作品である。

たとえばあの、さくりとして高貴な梨を
みずのなかでひやそう

器のなかでくいくいと
つめたく煮つめられていく秘密

はげしい自意識があるくせに
てのひらばかりに　にぎられて
かたくなってまるまって
やさしいちからになっているあのこ

出来事でつまった内側を
表皮は決して語らない
果肉のなかのすずしい午前
（このひとでなければならないなんて
そんなこと、たしかに幻想だった）

すっかり皮をむきおわれば
くさっていくよ　と合図され
その、せとぎわを口に含む
食めば笑いのようなくだもの

とおく、オクターブで対話する
わたしとくだものの共鳴音
老いていくことについて

これはみずみずしい感性にあふれた美しい詩である。梨は梨として他者でありながら、作者自身でもあり、この二つが絡みあいながら共鳴する。たとえば、梨をむきながら、作者は恋人について考え、どうしてこの人でなければならないか、と自問するのだが、これは、どうしてこの梨をむいているのか、という自問をかさねている。むき終わって食べてしまわなければ梨の果肉はくさるにきまっているだろう。同じように梨をむいている作者も一日分だけ老いていくはずだと、若すぎる感慨にふけっている。一見したところ、ただ梨をむいて食べ終わるまでを描いているにすぎないのに、その奥に潜む抒情は陰翳に富んでいる。

同じ詩集に「仙台堀川」という詩がある。これは「くだもの」ほど美しくもないし、陰翳に富んでもいない。しかし、読み終わってみると、心が揺すぶられる作品である。

材木屋の店先は
すこし　でこぼこしたとうめいガラスに
古い木の枠
冬になると
やかんが　ストーブのうえで
しゅーしゅーなってた

今は　お客はほとんどこない
それでも
毎日　窓はみがくから
通りすがりが　みんな
姿をうつしてく

社長は石油ファンヒーターにかえて
昼間は「笑っていいとも」を見てる
座敷の奥で
小さな孫娘が泣いた

「うすくあいたたんすがこわいよ」

折り紙でつるを折ってやった
折ってしまうと
夕方はいつもすぐにやってくる

机のうえには
とべないつるが五羽

川は　そういう夜も
両岸に林立する
マンションのあかりばかりを
たくさん　うつす

材木屋の侘しい風景が描かれている。社長と言うからには、ささやかな材木屋でも会社組織になっているのだろう。材木屋の主人とか、大将とか言えばふさわしいのだが、社長と言うからなおさら侘しい。それでも律儀だから窓を毎朝みがくのだが、これも通りすがりの人が姿を映すのに役立つだけなのだ。何故か、箪笥がすこし空いているようで、孫娘が怖がっているのだが、家屋が老朽して若干かしいでいるためではないか。折り紙で五羽の鶴を折ってあげても、夕方になると見捨てられて誰も気にかけない。この侘しい材木屋に対比されるように、両岸にマンションが建ち並んでいる。これは取り残された旧時代と現代の鮮やかな対立であり、時代遅れになった者の悲しさでもある。ただ、このマンション群もそう長い寿命があるわけではない。これは古い時代の侘しさ、そういう時代への郷愁のような感情をうたっているのだが、むしろ時代の推移、変化する迅速さへの嘆声を聞くべきかもしれない。

同じ詩集に「庭園美術館」という作品がある。これはこの詩集の中で私がもっとも好きな作品である。

冬のやわらかいひかりが
窓のかたちに集められ
そのかたちのまま　床に伝わり
その床をあたためている

すこしずつ　屈折しながら
届いていくきもち

平日の美術館は
わたしとわたしでないひとと
はっきり区別して　つつんでいる

だれかが落した釦が
静かな室内を
音をたて　ひかりの中へころがり
いくにんかの視線を集めている

年老いた学芸員は椅子に坐ったまま
端整な横顔をうごかさないけれど
ひかりはきっともうすぐに
かれのつまさきにまで届くだろう

私は作者のこまやかな観察眼に注目する。同時に、美術館に差し込んだ光に対する作者の愛情に似た心情に共感する。じつをいえば、この詩の素材はまことに瑣末な事柄である。だれもが見過ごすような現象である。そのような現象から作者は確実に「詩」を発見している。これは作者の資質であり、技量である。

＊

小池昌代の第二詩集『青果祭』は一九九一年に刊行された。この詩集の作品の中から「晴れ間」と題する散文詩を紹介したい。

アールグレイはまったく、雨のあがった直後の、緑草のような香りがした。

雨あがり、ものみながぬれて、口をつぐみ、何かの間としかいえないような時間が、すがすがしく流れ始めるとき、草々の葉先から、最後の雨がしたたる。円の外にはじかれて、はぐれた子供のように、ただ、この時間に立ち会っている、わたしはきょう、初めてこの町へきたか、とおもう。

Kを待っていた。と、やがてドアはあき、彼は入ってくる。光合成のように音もなく、時々、こんな風に割れて入ってくる光がある。

まっすぐまがらずやってきて、すとん、と腰をおろし、椅子をぎいっとひく。そして、ただ、元気か、と聞くのだ。その顔はまるで、本会議の始まる前に、プラネタリウムのはなしをしている男のようだ。答えようもない。
　雨があがったよ。

私はこの男女の会話の妙に感嘆する。彷彿と眼前にみえるようである。それに「円の外にはじかれて」というような譬喩もじつに巧みだと思う。日常がこんなに描かれると詩になることにも感心する。

*

小池昌代の第三詩集『永遠に来ないバス』は一九九七年に刊行された。この詩集にはすぐれた作品が多い。選択に迷うのだが私が小池昌代の初期の代表作と考える傑作は「あいだ」と題する詩である。以下に引用する。

とおくからボールがころがってやってくる
けられたボールがころころ、ころがって
疲れたわたしの方へやってくる
むこうから男の子が駆け足で追ってくる
届くのかしら
届かないのかしら
届いてほしいような
届かなくても、ほっとするような

すると、ボールは、ぽとぽと、ゆるまって
ほんの手前
つめたくて、すこしあまい距離をのこすと
わたしに届かず止まってしまう
あ、と見るわたし
あ、と見るあのこ
もちよったじかんが重なり合わない
こどもと私とボールが在って
みじかく向き合った名もないあいだ
悔やむことなんて　きっとなかった
届かないボールのなんというやさしさ

これは人生において私たちが始終経験することを、辛く、悲しい経験する出来事を、表現している。その表現がじつに具象的で手に取るように理解できるかたちで描かれている。しかも、この出来事を作者は「やさしさ」と結んでいる。見事という外ない。

後記

伊藤信吉さんに『現代詩の鑑賞』と題する著書がある。島崎藤村から、高村光太郎、萩原朔太郎らをはじめ中原中也、宮沢賢治らに至るまで、作品の鑑賞の域を超え、それぞれの詩人たちの詩作の秘密、特質を解き明かした名著であった。私は同書からじつに多くを学び、教えられた。

伊藤さんの名著の題名を僭称しながら、本書は伊藤さんの著書とは比較すべくもない、貧しく、悔い多い著書であり、これを公刊することを私は心から恥じている。

本書で私は二十七名の詩人の作品を採り上げたが、一方では、私と同世代の人々で私が高く評価している詩人たちが洩れているし、他方、四十歳代、五十歳代の詩人たちの作品をまったく採り上げていない。後者については、私が選考委員の一人であった当時に中原中也賞を受賞なさった方々を採り上げることに何となく躊躇したためでもあるが、同時に、四十歳代、五十歳代の方々は、私からみると私の孫の世代に近い。彼らの感受性や知的営為の結晶を私は読みとることができるか、を自問し、疑問を感じざるを得なかったのである。

もっと根本的なことだが、本書において、それぞれの詩人がどのような作品を第一詩集ないし初期の詩集で示し、詩の世界に新風をもたらし、新しい分野を切り開いたか、を三、四篇の作品の鑑賞によって説明し、成熟期の作品を参考までに紹介する、という形式で執筆することを基本方針とした。しかし、この方法ではそれぞれの詩人の本質、特徴などが明らかにならない。むしろ、この詩人の本質、特徴はどういうものか、についての私の見解を明らかにし、その例証としての詩作品を示すべきであった。そのためには初期作品から成熟期の作品まで、すべての時期の作品の展望が必須なのだが、私の方針はそうではなかった。ただ、そのためには各人についておそらく二倍以上の長さが必要になったにちがいない。同時に私に数倍の努力を課すことになったであろう。怠惰な私はそれほどの努力を本書の執筆のために注ぐつもりはなかった。

執筆にさいして、現代詩はじつに長篇詩が多いことを痛感した。採り上げる作品は紙面の都合上、比較的短い作品を選ばざるを得なかった。これも、採り上げた詩人の本質や特徴をつかみとることの妨げとなっているはずである。

また、私は海外諸国の詩人を、原文でも翻訳でも、読んだことがない。たとえば、私の長女はルネ・シャールの詩を、次女はパウル・ツェラン、ゲオルク・トラークルの詩を翻訳しているが、私はこれらの訳詩集さえ一頁も読んでいない。本書で採り上げた詩人たちには海外の詩人、ことにフランスの詩人の作品に詳しい方々が多い。私の無学のために、鑑賞に大きな誤りがあってもふしぎはない。

最後に記しておくなら、私は本書を執筆するまで戦後詩と現代詩とは同義と考えていた。しかし、戦後詩は、戦争体験、敗戦後の占領下日本の生活を体験した人々の作を言い、占領下日本で生活しても、「体験」とするにはあまりに幼かった人々以降の詩人たちの作品を現代詩と言うのだということを理解した。雑駁な表現だが、谷川俊太郎、大岡信さんのお二人あたりがその境界になると考える。そういう意味で、鮎川信夫、田村隆一、関根弘らの作品は戦後詩であり、戦後詩はいまや詩史中の遺跡とも言うべきもののようであることを、本書を執筆した後に、私ははじめて知った。言うまでもなく、私自身が戦後詩の作者の一人である。ただ、戦後詩人の一人として、私は現代詩に不満ももっているが、それは私が「現代」に不満をもっているからかもしれないし、現代詩を享受するのに必要な感性、知性をもっていないからかもしれない。

なお、配列は生年を基準とし、これに第一詩集の刊行年を考慮して、若干の人々について変更を加えた。

ともかく、この悔い多く、恥じるべきこと多い著書を公刊することにしたのは、同種の著書がないと聞いているので、現代詩に関心のある方々にとって無意味ではないのではないかと考え、先年、知人に勧められて少しずつ執筆し書きためたので、人生の長い旅の終りに近く、旅の恥はかきすて、といった気分による。

例により、青土社社長清水一人さんと本書の刊行を担当してくださった明石陽介さんにお礼を申し上げる。

二〇二〇年十月四日

中村　稔

現代詩の鑑賞

2020年12月 1 日　第1刷印刷
2020年12月15日　第1刷発行

著者――中村 稔

発行者――清水一人
発行所――青土社
東京都千代田区神田神保町1-29　市瀬ビル　〒101-0051
［電話］03-3291-9831（編集）　03-3294-7829（営業）
［振替］00190-7-192955

印刷・製本――シナノ印刷
本文組版――フレックスアート

装幀――菊地信義

©2020 Minoru Nakamura
ISBN 978-4-7917-7333-6　Printed in Japan